光文社古典新訳文庫

転落

カミュ

前山 悠訳

kobunsha classics

光文社

Title : LA CHUTE
1956
Author : Albert Camus

目次

訳者まえがき

以下に翻訳をお届けする『転落』は、『異邦人』『ペスト』に続き、カミュの「第三の小説」として位置づけられている作品である。それは発表された順序が三番目だった（一九四二年の『異邦人』、一九四七年の『ペスト』に続き、一九五六年に刊行）というだけでなく、作品の重要度としても、前二作の後塵を拝すると見なされてきたことを意味する。一方で――少数派の意見ということになるが――文学の読み手としては最高の慧眼《けいがん》の一人であり、そして不倶戴天《ふぐたいてん》の敵でもあったサルトルが、カミュの中で「おそらく最も美しく、かつ最も理解されていない作品」と評した一冊でもある。

美しさにまえがきはいるまい。だが、「理解されていない」とはどういうことか？

実際、『転落』はひどく厄介な小説である。とはいえ、重要とうたわれる文学作品に時として見られるように、難解で抽象的な哲学論議が展開されたり、支離滅裂で解読不能な混沌に見舞われたりするわけでは決してない。むしろ、『転落』で語られる内容はおしなべて通俗的で親しみやすいものであり、しばしば卑俗でさえある。問題は、その一見して気の置けない語り口の裏に、聞く者を手なずけ弄《もてあそ》ぶようなトリックと、その意識を根本から揺さぶろうとする企みが、巧妙に隠されているということである。

舞台は現代（作品刊行時の一九五〇年代を思わせる）、オランダのアムステルダム。いかがわしい雰囲気のバー「メキシコ・シティ」で、クラマンスと名乗るフランス人が、同じくフランスから来ているらしい男になれなれしく話しかける。そしてクラマンスはそのまま喋り続ける。能弁に、滔々《とうとう》と、途方もなく喋り続ける。「ゴリラくん」とあだ名される「メキシコ・シティ」のマスターについてあれこれ陰口を叩いた後、オランダやオランダ人に関する同じく皮肉と揶揄《やゆ》に満ちた論評を経由して、クラマンスは自身の身の上話に移る。彼はかつてフランスで弁護士をしていたらしい。社会的弱者が被告となる事件を専門に活躍し、私生活でも折り目正しく、それでいて社交も女性関係も華々しく順風満帆、この上なく充実しきった日々を送っていたという。ところが今はみすぼらしい格好をし、自ら腐すアムステルダムに住んで、不穏なバーに毎晩入り浸っている。とすれば、その間には何らかの「転落」があったということになる。

クラマンスの話は長い。実のところ、この小説は最初から最後まで、連綿と続く彼のおしゃべりから成り立っている。言葉の綾や誇張ではなく、これから我々が読むことになるすべては、このクラマンスという一人の男がバーでたまたま見つけた同郷人を相手に発する超長広舌《ちょうこうぜつ》、常識はずれに長大なひと続きの台詞《せりふ》である。その間には、情景描写も、状況説明も、他の誰の言葉も差し挟まれることはない。したがって、聞き手を務めさせられている同郷人についても、その反応・素振りはただクラマンスの言葉を通してのみ感知される。クラマンスが「おわかりですか」とか「あなたもそうでしょう」とか「おや、お気に召さない？」とかしきりに問いかけることによってのみ、その存在は表されるのである。そして、クラマンスの「あなたはあの話が気にかかっていらっしゃる」だの「それほどまでに好奇心を示していただけるとは」という言葉から、この聞き手は決して嫌々相手をしているのではなく、むしろ大変な関心を持って話の続きを求めているらしい。

クラマンスの話は長く、一日では終わらない。しかるべき時に打ち切られ、続きは次の日に持ち越される。かくして聞き手は都合五日間にわたってクラマンスに会いに行く。小説の構造として、この五日間のそれぞれの日の話ごとに章が分けられている。ただし四日目のみさらに二つの章に区切られるため、全六章となる。各章の境目には「☆」が目印として置かれている。

クラマンスの話は長いが、その本題――あるいは最大の謎――は、ほとんど最初に示される。それはすなわち、弁護士を辞めた彼が目下従事しているという、「告解者にして裁判官」とは一体いかなる職務かということである。弁護士から「告解者」への変化は、他人の罪を擁護する者から、自分の罪を告白する者に変わったことを意味する。そして「裁判官」ということは、他人の罪を裁く者でもあるだろう。己の罪を告白し、他者を断罪するとはどういうことか？「告解者にして裁判官」とは何か？　クラマンスはいかにして弁護士を辞め、この謎めいた職務に行き着いたのか？　そして、この男の気味悪いほどの多弁は、もしも狂人によるそれでないとすれば、いかなる意図によるものか？　あるいは、その相手をして絶えず話の続きをせがんでいるらしい聞き手は、一体何者なのか？　クラマンスは誰に向かって話をしているのか？

そうした謎がいずれ明かされることになるまで、クラマンスの話はおびただしい紆余曲折をたどる。相次ぐ脱線、引き延ばし、ほのめかし、曖昧さ、攪乱、虚偽。だが彼の語りは、そうした不穏な経路を曲行しながらも、間違いなくひとつの目的に向かっている。あるいはすべては計算された回り道であり、予定通りのルートに従って企みのゴールに近づいていく。伏線は確実に回収され、脱線は必ず核心へと繋がるだろう。

願わくは、この目眩《めくるめ》くような、しかし緻密に構築された語りの迷路を、存分に楽しまれんことを。

転落

ねえ、そこのあなた、もしもご迷惑でなければですが、わたしが助けて差し上げましょうか？　恐縮ながら、この店を切り盛りしているあの感心なゴリラくん、彼にはあなたの言葉は理解できますまい。あの男がわかるのはね、オランダ語だけなんです。わたくしめに代弁をお任せください、でないとあなたがジュネヴァ[1]をご所望であることは、彼には察知できないでしょう。ほらね、わたしが言ったら通じた様子だ。今のうなずき方、あれはこちらの申し立てに承服したものと見て間違いない。さあ動き出してくれましたよ。手早いものだ、それでいて落ち着きもある。幸運でしたね、唸《うな》り声をあげられたりしなかった。あれが客に応じない時はね、グルルと唸ってそれきりです。誰も言うことを聞かせられない。機嫌のいい時も悪い時もありのままというのは、大型動物の特権だな。おっと失礼、そろそろ引き下がらねば。お役に立てて幸いでした。おやおや、これはありがたい。本当にお邪魔でないなら、喜んで。ご親切な方だ。それでは、グラスを隣に置かせていただくとしましょう。

おっしゃるとおり。あの寡黙ぶりときたら、耳に重くのしかかるほどでね。あれぞまさしく原初の森の静寂、それが喉まで詰まってるんだな。我らが無口なる友は文明的言語というものを頑固に毛嫌いしていましてね、今でもときおり驚かされるほどです。だって、彼の生業《なりわい》はこのアムステルダムのバーでありとあらゆる国籍の船乗りたちを相手にすることなんですよ、しかもどういうわけか「メキシコ・シティ」なんて店名までつけて。そんな職責を抱えていたら、己の暗愚に不満を覚えてしかるべきでしょう。そう思いません？　クロマニヨン人がバベルの塔に下宿するようなものです！　居心地の悪さくらいは感じるはず。ところがどっこい、あの男は違う。疎外感なんて覚えない、我が道を行くだけ、何にも動じることはない。その口から発せられた貴重なる言葉のひとつにおいて、彼はこう宣《のたま》ったものです。四の五の言わず受け入れるか、放っておくかどちらかにしろ、と。何を受け入れろと、あるいは放っておけ

1　オランダで生まれた蒸溜酒で、オランダ・ジンの呼称でも知られる。

と？　そりゃありのままのゴリラくん自身をでしょう。正直に言うとね、わたしはああいう一本気な手合いには心惹かれてしまう。職業柄か、性向からか、人間というものについてあれこれ思いを巡らせてみる時があります、するとやはり霊長類へのノスタルジーを覚えるものなんですね。彼らには、そう、心の奥底というものがありませんから。

　実を言えばここの主人だって、人知れず育まれた底意くらいは持ち合わせています。目の前で話されている言葉が理解できないあまり、人に対する猜疑心《さいぎしん》が宿ってしまったんですね。それでほら、あんな疑り深そうなむっつりした顔つきになってしまって。人間たちの間ではいつでも何かしらよからぬことが起こるとでも思っているんじゃないかな。ああいう性格はね、本業から外れた話となるとなおさらうまくいかなくなるものです。たとえばほら、あれを見てごらんなさい。奥の壁、彼の頭上あたりに、長方形の跡がありますね。あれはね、絵を外した跡です。以前、あそこに一枚の絵が掛かっていたんです。すこぶる興味深い、正真正銘の傑作が。実のところ、彼がその絵を手に入れる時も、手放す時も、わたしはその場に立ち会っていました。そして彼はどちらの時も、同じだけの警戒心をたっぷり見せて、何週間もああでもないこうでもないとウジウジ逡巡《しゅんじゅん》せずには決心できなかった。これについては、社会のせいというのも認めてやらなきゃいけません。社会が、あの男生来の単純素朴な性格を歪めてしまったんですね。

ご承知おき願いたいのですが、彼を裁くような真似をしたいわけではありません。彼の警戒心は理由あってのものですし、わたしだって喜んで同調してやりたいところだ。このご覧のとおりのあけっぴろげな性質が邪魔しなければね。どうもわたしはおしゃべりでいけない！ 誰にでもすぐに心を開いてしまう。しかるべき距離を取ることもわきまえてはいるものの、機会があるとつい、ね。フランスに住んでいた頃だって、これはと思う人に会おうものならすぐさま親しき交際をせりしもの。おっと！ どうやらわたしの接続法半過去[2]がお気に召さなかったらしい。実を言うと、わたしはこの動詞形態に目がないのです。より広くは、凝った言葉遣いというものに。褒められたことじゃないとはわかっています、本当ですよ。もちろん上等な靴下を好むからといって、直ちにそいつの足が汚いことを意味するわけではない。とはいえね。言葉

2 フランス語における過去形の一種で、非常に文語的。

遣いというのは上着みたいなもので、その下に皮膚病を隠していることはままある。だからわたしは自分を納得させるために、口下手だからといって心が美しいということにもならないじゃないかと考えることにしています。ああそうですね、ジュネヴァをもう一杯もらうとしましょう。

アムステルダムには長く滞在されるご予定ですか？　美しい街でしょう？　麗しい、ですって？　これはこれは、久方ぶりに耳にした形容詞だ。実際パリを離れて以来かもしれない。あれからもう何年にもなりますが、それでも心は記憶を留めている。我らが美しき都、河岸通り、何ひとつ忘れてはいません。パリ、あの実に見事な虚像の街、四百万もの影法師がうごめく壮麗なる舞台装置。なんと、最新の人口調査では五百万近く？　そうですか、こぞって子どもをこしらえなさったというわけですね。驚きはしません。わたしは常々思っていたのですが、我らが同郷人を熱狂させるのはふたつ、思想と姦淫《かんいん》だ。どちらも見境なくやる。まあ彼らを非難するのはよしておきましょう。パリだけじゃない、ヨーロッパ全体がそうなんですから。わたしはときおり、未来の歴史家が我々のことをどのように語るか夢想するんです。きっと現代人については一文で済みます――彼らは姦淫し、さまざまな新聞を読んでいた。この強固な定義ひとつで、話はおしまいと言っていいでしょう。

オランダ人ですか？　いえいえ、彼らはそもそも現代人にはほど遠い！　あの連中を見てごらんなさい、暇を持て余しているでしょう。仕事はしているのかって？　それがですね、あちらの男性方はそちらの女性方の稼ぎで食っているという次第なんです。そして男も女もどうしようもなくブルジョワ的な俗物だから、いつものようにこの店へやってきて、ホラ吹き話をするか馬鹿をしでかすかのどちらか。つまり想像力がありすぎるかなさすぎるかのどちらかというわけですね。時々ですが、男性陣がナイフや銃を出して小競り合いを始めることもあります。ただし彼らもやりたくてやるわけじゃないんですよ。面子《メンツ》というものがあるから仕方なく、それだけです。だから弾切れになった途端におじけづいてへたりこんでしまう。そう思いますとね、彼らは道徳的にまだましな方で、もっとたちの悪い連中というのはいる。組織的に、摩滅させるように人を殺していく類《たぐい》のやつらです。お気づきになりませんか、今日の世というのは、そうやって人を始末するために形作られている。ブラジルの川に潜む小型の肉食魚のことは当然耳にされたことがあるでしょう。不用心な泳ぎ手におびただしい数で襲いかかり、小さな口で素早く噛みちぎって、見る見るうちにきれいさっぱり、後に残るはまっさらな骨だけ。そういう人間社会というものがあるのです。「まともな人生を送りたくはありませんか？　皆と同じように」あなたはうなずく、当然のことです。どうして拒むことがある？　「お任せください。我々がきれいさっぱりにして差し上げましょう。さあ、職業はこちら、家族はこちら、休日の過ごし方はこちらでいかがでしょう」そうして小さな歯が次々と肉に食いつき、骨になるまでむしられる。ところでわたしは言い方を間違えたかもしれません。そういう人間社会がある、だなんて。結局のところ、それは我々の社会そのものじゃないか。気を抜いたらあれよあれよという間にきれいさっぱりやられてしまう。

ようやくジュネヴァのご到着だ。あなたのご清栄に、乾杯。ええ、ゴリラくんが口を開いて、わたしを先生と呼びましたね。こういう土地では、皆が先生か博士と呼ばれるものです。敬意を示すのが好きなんですよ。善良で、謙虚さがあるものだから。彼らのもとでは少なくとも、悪態は国家的慣習にはなっていない。まあ何はともあれわたしは医者ではありません。お望みならお話ししましょう、わたくしはここに来る前、弁護士をしておりました。今では、むしろ裁判官——告解者にして裁判官とでも申しておきましょう。

まあまあ、自己紹介からにさせてください。ジャン＝バティスト・クラマンスと申します、以後お見知りおきを。お近づきになれて嬉しく思います。あなたはもしかしたら何か商売をなさっているのでは？　まあ大まかに言えば、ですって？　これは見事な答えだ！　正当でもある。我々は何事においても大まかな存在ですからね。さていいですか、探偵ごっこをさせてもらいますよ。あなたはわたしと大まかに言って同じ年齢、酸いも甘いも大まかに知っている四十代の世慣れたような眼差し、フランス人らしく大まかに身なりよく、すべすべの手をしていらっしゃる。しかるにあなたは大まかなところ、ブルジョワというわけだ！　だが洗練されたブルジョワだ！　接続法半過去がお気に召さなかったのは、あなたの教養を二重に証明するというものです。第一にあなたはその文法を知っているのだし、第二にその使用が不愉快なものだとも知っているのですから。もうひとつ、自惚《うぬぼ》れでなければあなたはわたくしのことを面白がってくださっている、それはあなたの度量の広さを意味するものにほかならない。あなたはしたがって大まかなところ……いや、こんなことはどうだっていい！　職業や階級なんかより、宗派の方がよほど興味がそそられる。あなたにふたつ質問させていただけますか、もしも無礼に思われたらお答えいただかなくて結構ですから。財産はお持ちですか？　いくらかなら？　よろしい。では、それを貧民と分かち合ったことはありますか？　ない？　それなら、あなたはわたしの分類によるところのサドカイ派[3]ということになります。聖書の教えを実践されたことはないでしょうし、それはそもそもあなたに資するものでもないでしょう。資するところはある？　するとあなたは聖書を読んでいらっしゃる？　いやはや、本当に興味深い方だ。

わたしの方はと申しますとね……いや、当ててみてください。背丈、肩まわり、どうも凶暴そうに見えるこの顔、強いて言うならラグビー選手だろうか？　しかし会話から判断するなら、少しは洗練されたものを認めてやらなきゃいけない。着ているコートはといえば、その毛皮は疥癬《かいせん》でぼろぼろのラクダからでも分けてもらったのか？　そのくせ爪はきれいに整えてある。こいつもこいつで世慣れているふうには見える、しかし偶然顔を合わせただけの相手になんの警戒もせず腹を割って話してくる。さらには、仕草も言葉遣いも気取っているのに、こんなゼーデイク[4]の船乗り御用達のバーで常連になっている。さて、この辺にしておきましょう。わたしの職業についてはね、二面性がある、とだけお伝えしておきます。人間存在と同じように。申したとおり、わたしは告解者にして裁判官なのです。わたしの場合、ひとつだけ単純明快なことがあります。わたしは無一文です。ええ、裕福だったこともありましたよ。次の答えは否、何も分かち合ったことなどありませんでした。このことから何がわかるか？ つまりわたしもかつてはサドカイ派だった……。おや！ 港のサイレンが聞こえます！ 今夜のゾイデル海[5]は、霧に包まれるということですね。もうお帰りで？ お引き止めしてしまったようで、どうかお許しを。もしよろしければ、財布はおしまいください。「メキシコ・シティ」はわたくしの家のようなものです、お迎えできてたいへん幸いでした。ええ、いつもおりますし、明晩も間違いなく。ありがたくお誘いをお受けいたしましょう。お帰りの道は……なるほど……ねえ、港までお送り差し上げてもご迷惑ではありませんか、その方が簡単でしょうから。そ

3 古代におけるユダヤ教の一派。裕福な特権的階級で構成され、保守的な傾向を持つ。イエス・キリストに反対し、その弟子を迫害した。旧約聖書の最初の五文書にあたる「モーセ五書」にしか権威を認めない。

4 かつてアムステルダムで最も治安が悪いとされた地区のひとつで、売春・麻薬・犯罪が横行していた。

5 かつてオランダに存在した入江（現在は大堤防で外海と区切られ、湖となっている）。

こからユダヤ人地区の外側をぐるりと行けば、花で飾られた路面電車がけたたましい音楽を鳴らして走る素敵な並木道に出ます。あなたのホテルはその通りのひとつ、ダムラック通りにあります。さあお先にどうぞ。わたしですか、わたしはユダヤ人地区に住んでおります。あるいは、ヒトラー一派の同胞たちが空っぽにするまではそう呼ばれていた地区に。とんでもない大掃除ですよね！　七万五千ものユダヤ人を収容所に送るなり殺すなりして、きれいさっぱり根こそぎにした。まったく驚くべき精勤ぶり、綿密なマニュアルに支えられた忍耐力！　個性を持ち合わせていないならマニュアルを持たねばならぬ、そしてここではそのマニュアルたるものがまぎれもなく凄まじい威力を発揮したわけです。かくしてわたしは歴史上最大の犯罪のひとつが遂行された現場に住んでいるということになります。それもあってでしょうか、ゴリラくんのことも、彼の警戒心も、理解してやろうという気になるのです。そして持ち前の癖で抗《あらが》いようもなく人に親近感を抱いてしまいそうになった時にも、なんとか踏みとどまることができる。見知らぬ人に面した時には、わたしの中の何かが警報を鳴らすんです。「はやるな。危険だぞ！」と。たとえ親近感の方が強い時でさえも、わたしが警戒を解くことはありません。

あなたはこんな話をご存じでしょうか。わたしの小さな村が報復行為の被害に遭った時、ドイツ人将校が一人の老婆に丁重な態度で申し出たのです。あなたの二人の御子息のうち、片方を連行し撃ち殺させていただきたいと存じますが、どちらにするかお選びいただけますでしょうか、と。そんな選択、ご想像になれますか？　こっちにしようかな？　いやいやあっちにしようか。そして目の前で連れ去られていく。これ以上は言いませんけれどね、でもねあなた、正味な話、いかにとんでもないことでも起こる時は起こるのです。わたしの知人にもね、警戒心というものを拒否した心の純粋な人間がいましたよ。平和主義で、自由主義で、人類全体と動物たちを等しく深く愛する男だった。卓越した精神、ええそのとおり。さて、先般のヨーロッパ宗教戦争[6]の際、彼は田舎の方に引っ込みました。そして家の戸口にこう書いた。「どこの方でもお入りください。歓迎します」ねえあなた、その尊いご招待に応じたのは誰だと思います？　親ナチの民兵どもですよ。そいつらが我が物顔でズカズカ踏み入り、彼の

6　第二次世界大戦のことを言っていると思われる。クラマンスは政治思想・政治体制を一種の宗教として捉えている節がある。

はらわたを引きずりだした。

おっとマダム、これは失敬！　まあ聞こえてもわかりはすまい。遅い時間なのに、人出のあるものですね。雨も何日も前から降り止まぬというのに。幸いにして、ジュネヴァがある。この暗黒の中の、唯一の光。感じませんか、いま体内で、あの酒が黄金の、銅色のきらめきを放っている。ジュネヴァの熱に包まれて、夜に街を徘徊《はいかい》するのはいいものです。わたしはそうやって幾晩も幾晩も歩き回り、夢想にふける、もしくは、延々と自分との対話を繰り広げる。そう今晩のように。もしかしたら、少し戸惑わせてしまってはいないでしょうか。どうもありがとう、あなたはお気遣いのある方だ。どうもね、止まらないんです。口を開いた途端に言葉が溢れ出てきてしまう。この国にいると着想が湧いてくるというのもあります。わたしはここの人たちが好きなんです。霧と、冷たい地面と、湿った洗濯物のように湯気立つ海とに囲まれて、家並と河川の隙間で窮屈そうに、歩道の上をうようようごめくここの人間たちが。わたしは彼らが好きなのです、というのも、彼らには二面性があるから。彼らはここにいながらにして、いつもどこか遠くに飛んでいる。

本当なんです！　湿った舗石の上を歩く彼らの鈍い足音は聞こえましょう、揚げたニシンやら枯葉色の宝石やらを並べた店の間をのっそりと通る彼らの姿も見えましょう、とすれば彼らは間違いなく今宵ここにいるものと思えましょう? 通念よろしく、この善良なる人々は組合幹部か商人の一族で、永遠の生を見込んで金勘定に余念なく、唯一の情緒ある趣味といえば鍔《つば》の広い帽子をかぶって解剖学の講義を受けること、[7]そんな連中だとお考えでしょう? 違うんですよ。彼らは我々のそばを歩いている、それは確かだ、しかしながら頭はどうなっているかわかりますか。赤や緑の看板が垂れ流すネオンとジュネヴァとミントの靄《もや》にすっかり包まれちまってるんだ。ねえあなた、オランダというのはひとつの幻、まばゆさと霞《かすみ》からなる幻なのです。昼はいっそう霞がかり、夜はいっそうまばゆく、昼も夜もその幻の中で、おびただしいローエングリン[8]たちが不吉な白鳥を思わせるハンドルの高い黒い自転車に乗って、陶酔しながら突っ走り、海岸を回り運河に沿って国中をひっきりなしに駆け巡る。銅色の雲に頭を包まれながら、彼らは夢を見ている。まばゆい靄の芳香を吸い、夢遊病者のように動

7 レンブラントの絵に描かれたオランダの人々を示唆しており、特に《織物商組合の見本調査官たち》と《テュルプ博士の解剖学講義》の二作品をふまえていると考えられる。

8 アーサー王伝説に登場する騎士で、白鳥の曳く小舟に乗って川を移動する。

き回り、祈り出す。そんな彼らは、もはやここにはおりません。数千キロの彼方、遠く離れたジャワ島に飛んでしまっているのです。彼らが祈りを捧げるのは、そこかしこのショーウィンドウに飾り付けられたインドネシアのしかめ面の神々。[9] この華美なる猿のごとき神々は、今この瞬間も我々の頭上をひょいひょいと飛び回っております。そして看板や屋根の段に下り立ち、植民地への郷愁に駆られた者たちに呼びかけるのです。オランダをただ商人らの集うヨーロッパの玄関と思うなかれ、オランダとは海、汝らをシパンゴ[10]へ、人々が熱狂と至福に包まれて死ぬ島々へと運び出す海であるぞ——と。

どうも興が乗りすぎてしまいました、ああまるで弁論気分だ！　ご寛恕《かんじょ》くださいね。これもひとえに、この街のことを知っていただこうというわたしの習性、使命、そして切望によるものでして！　どうか物事の中心だけでもご理解いただけたら！　なぜといって、我々の今いる場所はとりもなおさず物事の中心なのですから。もうお気づきになりましたか、このアムステルダムの同心円状の河川、こいつは地獄の円環そっくりだ。[11] これぞブルジョワの地獄、言うまでもなく悪しき夢がふんだんに詰め込まれておりますよ。外からやって来た者は同心円の内側へとひとつひとつ踏み入っていく。

それにつれ、問われる人生の罪は色濃く、どす黒いものへと変わっていく。そして今わたしたちがたどり着いたのは最後の円。その円とはすなわち……なんと！　それもご存じでいらっしゃる?[12]　まいったまいった、あなたをどう分類したものか余計難しくなってしまいました。するとあなたはご承知でしょう――わたしたちがいるのは大陸の端であるにもかかわらず、なぜここに物事の中心が位置しているのか?　勘のいい人というのは、こういう不可思議なこともすぐおわかりだ。何はさておき、ここが新聞を読む者と姦淫にふける者の終着点です。彼らはヨーロッパの四方八方からやっ

9　オランダの旧植民地であるインドネシアから伝わった、守り神の仮面・鬼面のことを指していると思われる。

10　ジパング、すなわち東方にあるとされた黄金の島のこと（必ずしも日本を指さない）。

11　ダンテ『神曲』において、地獄は中心に行くほど下降する同心円状の階層として描かれる。

12　同じく『神曲』において、地獄の最下層コキュートス（「嘆きの川」の意）は、「裏切り者の地獄」にあたる。その中でも最後の円は「主人・恩人に対する裏切り者の地獄」とされ、そこではイエス・キリストを銀貨三十枚で裏切ったイスカリオテのユダなどが魔王ルシフェルに嚙み砕かれている。なお、この最後の円はジュデッカと呼ばれるが、その名はユダ、あるいは彼とイエスを含むユダヤ人を思わせるとともに、中世のユダヤ人居住区ジュデッカに由来している。

てきて、内海の灰色のほとりで行き止まりとなる。サイレンの音を聞きながら、霧の中に船影を探せど見つけられず、それから再び河川の円環を戻り、雨の中を引き返していく。そして寒さに凍えながら「メキシコ・シティ」にやってきて、方々の言語でジュネヴァを求める。そこでお待ち申しているのが、このわたくしめというわけです。

それではまた明日、親愛なる同郷の士よ。いいえ、もう道はおわかりでしょうから。あの橋の前でお暇《いとま》します。わたしは、間違っても夜分は橋を渡らないことにしておりまして。そう誓ったのです。つまりですね、もしも誰かが水に飛び込みでもしたらどうしますか。その時はふたつにひとつでしょうね。その一、救出すべく自分も飛び込む。この場合、寒い季節には最悪の事態を覚悟せねばなりません。その二、見捨てる。この場合、飛び込まなかったことが妙な胸のつかえを残すことになるでしょう。では、おやすみなさい！　なんですか？　ああ、あの飾り窓の中のご婦人ら？　あれこそ夢ですよ、あなた、ちょっとの金で買える夢、インド諸島への旅！　きっと香水代わりに香辛料を体にふりまいていますよ。入ってごらんなさい、カーテンが閉じられ、航海の始まりだ。裸の肉体に神々が降り、狂おしく、風に吹かれた椰子《やし》のように髪を振り乱して、島がゆらゆら揺れ動く。お試しあれ。

告解者にして裁判官とはどういうことか？　おやおや！　あなたはあの話が気にかかっていらっしゃる。ふざけているだなんて思わないでくださいよ、詳しくご説明申し上げるにやぶさかではないのです。ある意味では、それもわたくしの役目の一部をなすと言えるのですから。しかしながら、その前に予《あらかじ》めお話ししておかねばならない事柄がいくつかあります。そうしてこそ、後の本題をよりよくご理解いただくことが可能となるに違いありません。

☆

何年か前、わたしはパリで弁護士をしておりました。そして正味を言えば、かなり名の知れた弁護士でございました。無論、あなたに申し上げたのは本名ではありません。弁護士として、わたしには専門と決めた分野がありました。大義ある弁護、すなわち、弱者を守るそれです。自分でもなぜだかわかりません、だって強欲で凶暴な弱者も現にいますものね。それでもわたしは、ほんのかすかでも被告から犠牲者の匂いを嗅ぎとったなら、もうそれだけで腕まくりをしたものです。そしてその腕のふるいようといったら！　嵐を巻き起こすかのようでしたよ！　腕に魂がこもっていたんだな。わたしが毎晩正義の女神とベッドを共にしているものと、皆が本気で信じていましたね。あなただって見たら感嘆の声を漏らしたに違いない！　計算し尽くされたわたしの語り口、絶妙な按配《あんばい》で込められた情緒、弁論の説得力と熱意、そして抑制された憤りの炎！　生まれつき容姿にも恵まれて、気高い風格も労せず身についておりました。さらに、わたくしは心の底から湧いてくるふたつの思いによって支えられていました。自分はこの法廷において正しい側に身を置いているのだという満足感、そして、裁判官全体に対する本能的な嫌悪感です。もっとも今思えば、その嫌悪感は本能的とも言えないのかもしれません。理由あってのものだったと理解していますから。それでも外から見たら、激情さながらだったはずです。少なくとも当座のところ、裁判官という存在が必要であることは否定できない、それはそうでしょう。でもわたしにはどうしても理解できなかったんです、なんであんなとんでもない職務に就くことを志す人間がいるんだろうってね。彼らの存在を受け入れてはいましたよ、だって目の前にいるんですから。しかしそれはイナゴの存在を受け入れざるをえないのと同じようなものでしたね。まあ、直翅類《ちょくしるい》の害虫が大挙して押し寄せても一銭にもなりはしないが、わたしの軽蔑する連中は対話することで飯の種にはなってくれる。その違いだけですね。

そのような中でも、ほうらわたしは正しい側にいる、そう思うだけで心の平和を保つには十分でした。正義を有しているという感覚、理はこちらにあるという充足感、己の価値を確かめうる喜び、ねえあなた、そうしたものが我々の姿勢を正し、前に進ませる強靱な動力となるのですね。反面、もしそういうものを奪ってしまったら、人間たちを口から泡吹く狂犬へと変えてしまうことでしょう。自分が不正の側にいることに耐えられないという理由だけで、どれだけの犯罪が犯されたことか！　かつてとある実業家と出会いましてね、その男は、誰からも羨望《せんぼう》されるような非の打ちどころのない妻がいたにもかかわらず、不義をはたらいていた。己が過ちを犯しているという自意識、善性を認めてもらうことも自認することもできない苦悩に、文字どおり苛《さいな》まれていました。妻が完璧さを見せれば見せるほど、彼の苦悩は増していった。そしてとうとう、自らの不正に耐えられなくなる時が来てしまった。それで彼はどうしたと思います？　不義を断ち切った？　いえいえ。妻を殺してしまったのです。それでわたくしめが世話をすることになったという次第。

わたしの立場はね、どんどん人から羨まれるものとなっていきましたよ。わたしは犯罪者の仲間入りをするおそれがないばかりか（とりわけ妻など殺してみようもなかった、独身なものでね）、むしろ彼らの弁護を買って出る。唯一の条件は、彼らが善き殺人犯であるということだけ。善き野蛮人[13]を守ってやるようにね。そうした弁護における自分の立ち振る舞いにもたいへん自信がありました。わたしはまさに、己の職業生活において完全だった。賄賂《わいろ》を受け取ったことがないのは言うまでもないし、いかなる種類の取引にもなびいたことはない。またいっそう希有と言えましょうが、新聞記者たちにへつらって便宜を図ってもらおうとしたこともなかったし、役人たちと仲良くしてうまいことやろうともしなかった。レジオン・ドヌール勲章を贈られそうになったことも二度や三度ありますがね、辞退させていただいたんですよ。そうして得られる慎み深き威厳、それこそが真の勲章だと思いましてね。さらに言うなら、わたしはどんな時でも貧者に費用の支払いは求めず、またそのことを世間で触れ回るような真似も一切しなかった。ねえあなた、これが自画自賛だなんて思わないでくださいよ。わたしの手柄なぞ、どうだっていいことです。現代社会では大志に代わって貪欲さが幅を利かせていますが、それは常々馬鹿げたことだと思っていました。わたしは、より高みを目指していたのです。この表現はわたしという人間を正確に表すものでしてね、じきにおわかりいただけるでしょう。

何にせよ、わたしが得ていた満足感はご想像いただけるかと存じます。わたしは己の生来の気質を堪能していました。皆が認めるところでしょう——これこそが幸福というものです。お互いの神経を逆撫《さかな》でしないために、表向きはこの種の喜びをエゴイズムとして非難することがあるにしてもね。少なくともわたしは、弱者のために尽くす持ち前の性格に快感を覚えていたのであり、その気質は発達した末、生活のすべてを支配するようになりました。たとえば、わたしは盲人が道を渡るのを手助けするのがこよなく好きでした。歩道の片隅でまごついている杖を見つけようものなら、どんなに離れていても駆けつけ、たとえ既に別の慈悲深き手が差し伸べられようとしているのが見えたとしても間一髪で先んじ、わたし以外の何人《なんぴと》からの心遣いも差し挟まれぬよう盲人を確保して、優しくもしっかりと握った手で横断歩道へと導き、横切るも

13 「善き未開人」とも言い、特に植民地主義の時代に広まった善良な先住民のイメージを表す。現代では先住民を「野蛮」「未開」と称するのは差別的表現であるように、クラマンスも侮蔑的なニュアンスを込めている。

のを慎重に避けつつ、向こう岸の安全な場所までたどり着かせ、そこでお互い感動とともに別れるという具合です。同じように、通行人に道を教えてやったり、火を貸してやったり、重そうな手押し車に手を貸してやったり、故障した車を押してやったり、救世軍[14]の女から新聞を買ってやったり、老婆からは花を――たとえその花がモンパルナス墓地から盗んできたものであるのは明白だとしても――買ってやったりすることが、いつでも好きでした。さらにわたしは、いやこんなことまでお話ししていいものか、物乞いに施しをしてやるのも好きでした。わたしの友人に立派なキリスト教徒がおりましたがね、自分の家に物乞いが近づいてくるのを見た時に生じる最初の感情は、不快感だと言ってましたよ。わたしはといえばもっとたちが悪く――歓喜したものです。まあ、この話はここらで切り上げておきましょう。

それよりも、わたくしの礼儀正しさについてお話ししたいと思います。それはもう有名で、それでいて異論の余地なきものでした。実際、わたしは自分の折目正しさにたまらない喜びを覚えていたのです。朝、バスや地下鉄で見るからにふさわしい人に席を譲ってやるとか、老婦人が落としたものを拾い上げて得意の笑顔を添えつつ手渡してやるとか、あるいは単にわたしより急いでいる人にタクシーの順番を譲ってやるとか、そうした機会に恵まれたならそれだけでわたしの一日は輝きました。また、これもやはりお話ししておかねばなりませんが、交通機関がストで動かない日などはもう大喜びでした。バスの停留所に車で乗りつけ、家に帰れなくなった哀れなる同郷人らを何人か拾い上げてやるチャンスが得られるからです。加えて、劇場でカップルが隣り合って座れるように席を動いてやったり、旅行の際、網棚に手の届かないお嬢さんに代わって荷物を上げてやったりというのも、同じく功績に数えるべきでしょう。こうしたことを人より多く成し遂げてきたのも、自らそのチャンスを鋭敏に嗅ぎつけ、うっとりするような快感を噛みしめたいがゆえだったのです。

わたくしはまた気前の良い人間とも見られており、実際にそのとおりでした。公私において、多くのものを惜しまず与えてきました。何か物品やまとまった金を手放さねばならない時にも、苦しむどころか、いつだって愉悦を覚えていたのです。そうした譲与が不毛に終わることや、もちろん仇《あだ》で返されることだってあるわけですが、その際に時として生ずる哀感さえも、わたしの喜びをわずかなりとも損ないはしません

14 キリスト教の一派で、慈善団体。

でした。気前よく与えることにあまりの快感を覚えていたがゆえに、義務感から与えるのは唾棄していたほどです。金のことで細かくなるのもうんざりで、そうならざるをえない時にはいつも嫌々でした。わたくしはいつだって、自らの施しにおいて支配者であらねばならなかったのです。

今述べてきたのはささやかな特質ではありますが、わたしが人生において、とりわけ職務において絶えず味わっていた悦楽は、これでご理解いただけるでしょう。たとえるならある時、裁判所の廊下において、弁護してやった被告の奥方に呼び止められる。ただただ仁義から、あるいは同情から、言ってしまえば無償で引き受けてやった被告人です。その妻がおずおずと口にする、ああ本当に、この度の御恩にはお礼の申し上げようもございません。こちらは答える、当然のことをしたまでです、誰だってこのくらいはするはずですよ。そして当座の困難を乗り切るための援助までいくらか握らせてやり、あとは感動のほとばしりを打ち切ってただその余韻だけが残るように、いたわしい奥方の手に接吻《せっぷん》して颯爽《さっそう》と立ち去る——ねえあなた、これですよ、これこそが、下卑《げび》た野心家なんぞを超越してより高みに達するということ、他のいかなる糧《かて》も必要とせずにただ美徳がそれのみで自己成長するような究極の高次に到達するということなのです。

しばしこの頂上において足を止めてみましょう。今はもうおわかりでしょうね、先ほどの「より高みを目指していた」という言葉の意味を。わたしはまさしくこの究極の高次のことを言っていたのでありまして、その高みこそが唯一、わたくしの生きうる場所なのです。そう、わたしは上にいないとまったく落ち着けやしなかった。生活の細部に至るまで上の方に位置することを望みました。好きなもの、それは地下鉄よりもバス、タクシーよりも馬車、中二階よりもテラス。頭を空高くまで運べる航空スポーツをこよなく愛し、船に乗れば船楼甲板の永遠なる散歩者と化す。山では深い谷を避け、峰や高台の方へ。平原であっても、せめて隆起は感じていたい人間でした。もしも職人になるとして、轆轤（ろくろ）を回すか屋根ふきかを選ばねばならないとしたら、よく聞いてください、わたしは家屋の上を選ぶ、そして足のすくみまで愛おしんだことでしょう。わたしの恐れるもの、貯蔵庫、船倉、地下道、ほら穴、深淵。洞窟探検家どもには、特段の嫌悪を捧げてきました。こいつらが図々しくも新聞の一面を飾ることもありますが、どんな偉業を成し遂げようとわたしにはおぞましいだけでした。狭い岩場の水路（あの蛮人どもがサイフォンだとか呼んでいるもの）に頭を挟まれる危険を冒して水深八百メートルに降りるべく奮闘するなど、何か倒錯的あるいは錯乱的な性向のみがなせる業《わざ》としか思えませんでした。どこか犯罪的なものさえ感じていたほどです。

　反対に、光に満ちて見晴らしのよい、海抜五百、六百メートルはある天然の展望台などは、わたしが最も心地よく呼吸のできる場所でした。蟻のような人間たちをただひとり見下ろせる時にはなおさら。枢要なる説教や訓戒、あるいは聖火の儀式が、なにゆえに届きうる限りの高い場所でなされるのか、わたしには苦もなく腑に落ちました。思うに、地下室や牢屋などでは（牢屋があたりを見渡せる塔にでもあれば別ですが）、瞑想なんぞできやしません。黴《かび》が生えちまうだけです。修道院に入ったものの、独房が壁に囲まれているという理由で離脱した男の話をご存じですか。広大な景色が開けているのを期待していたんですよ、十分理解できる。さて信じていただけますね、わたしに関して言うならば、黴など生えてこようはずがなかった。一日のうちの何時《なんどき》であっても、ひとりでいても誰といようとも、わたしは高みへと上り詰め、煌々《こうこう》たる火を灯す。そして下方からわたしに向かって歓喜の喝采が湧き上がる――あくまで一端ですが、そのようにしてわたしは、己の生と至高性に喜びを覚えていたのであります。

幸いわたしの職業は、この頂点を求める天性に合致していました。この仕事で我が隣人に苦々しい負い目を感じることなどあるわけない、だってなんの借りを残すこともなく、こちらがただひたすらに恩恵を施してやるんですよ？　わたしは裁判官の上に立つ、裁きを下さんとする彼らを逆に裁いてやる。そしてわたしは被告人の上に立つ、彼らが恩義を感じざるをえないようにして。よろしいですか、このことはよく頭に入れておいていただきたい——わたしは誰からも咎《とが》められない場所で生きていたのです。いかなる裁きが及ぶこともなかった。わたしがいるのは裁きの舞台の上ではなくむしろ天井のどこかで、時々機械仕掛けの神々[15]よろしくするすると降りてきては、状況をうまい具合にひっくり返して道筋を与える。結局のところ、高きに身を置くというのはいつだって、最大多数の他者から注目と尊敬を集める唯一無二の方法ですよね。

15　古代ギリシャ演劇の手法。舞台上方からクレーンに似た仕掛けで降りてきた神が、紛糾した事態を一挙に収拾する。

実のところ、わたしが世話した罪人の何人かも、同様の願望に突き動かされて人を殺《あや》めていました。その後不自由な環境に置かれたものの、新聞を開いた時には哀れながらも報酬を受け取った気になったことでしょう。つまり、多くの人と同じく、彼らは無名であることに耐えられなかったのであり、その苛立《いらだ》ちが動機の一部となって、嘆かわしいほどに極端な行動へと駆り立てたのです。有名になるには、要するにマンションの管理人を殺すだけでいい。ただし残念なことに、それで得られる名声は極めて短命です。ナイフで刺されるに値する、そして実際に刺される管理人なんて、物珍しくもありませんから。殺人というのはいつだって舞台の前面に出されますが、殺人犯に照明が当たるのは一瞬だけ、あとはすぐに次のと交代となる。そんな束《つか》の間の脚光しか浴びられないのに、あまりに代償が高くつきすぎるのです。一方、こういう名声に焦《こ》がれた不幸な者たちを弁護してやったなら、同じタイミング、同じ舞台で、しかもっと安上がりに、本当の栄光というものを浴びることができる。そうした事情もあって、わたしはせめて彼らの高い代償ができるだけ減るようにと張り切って尽力したわけです。彼らは多少なりともわたしのために代償を払ってくれているところもあるのですから。その代わり、わたしは義俠心《ぎきょうしん》と才能と情緒を惜しみなく発揮して、それで借りはなし。裁判官は罰を与え、被告人は罪を償い、そしてわたしはいかなる義務も背負うことなく、断罪も贖罪《しょくざい》も免れて、自由に、エデンの光の中に君臨していたというわけ。

実際、エデンの園というのはそういうものではないでしょうか、ねえあなた。ただあるがままに享受される人生。わたくしの人生は、そういうものでした。生きることを学ぶ必要など一切なかった。その点、わたしは生まれながらにしてすべてを知っていたのです。周囲の人々から身を守ったり、そうでなくともうまく折り合いをつけたりすることに支障を抱える人はいる。しかしわたしの場合、初めから既に折り合いはついていました。しかるべき時に気さくになり、必要とあれば物静かにし、軽妙にも重々しくも振る舞える、そういうことがなんの努力もなくできたのです。だからわたしはたいへん人から慕われ、それゆえに世間的な成功など、もはや気にかけなかった。見た目も悪くなかったし、疲れを知らぬ踊り手にも慎み深き賢者にもなれ、簡単なことではないにせよ、女性たちと正義の女神とを同時に愛することができ、スポーツも芸術もたしなんで――おっとここらにしておきましょう、うぬぼれ屋と思われるのはよろしくない。しかしながらどうか想像してみていただきたい。働き盛りで、健康そのもので、たっぷりと才能に恵まれ、身体活動にも知的活動にも秀でており、貧乏すぎるということも金持ちすぎるということもなく、夜はぐっすりと眠り、心の底から自分自身に満足していて、それを好ましく見せるだけの社交能力まで持ち合わせた男。お認めいただきたいのですが、これはもうどれほど謙遜したとしても上々の人生と言うほかない。

そう、わたくしほどあるがままに生きていた人間など、まずいないでしょう。わたしと人生との間には、いかなる不和もなかった。わたしは人生というものにすみずみまで適合し、その皮肉も、途方もなさも、不自由さも、何も拒まず受け入れることができた。特に、肉体的といいますか物理的といいますか、まあ要するに容姿の問題というのは、恋愛の中でも孤独の中でも多くの者に自信を失わせ、無力感を味わわせるものですが、わたしはそんなものに打ちひしがれたことなどなく、ただただ恒常的な充足感に満たされていました。わたしには、身体を持つ上での天分があったと言ってよいでしょう。そうしてわたしの内に生ずる調和、自然な統御は、はたから見ても感じ取れるものらしく、生きる活力がもらえるようだとまで言われたことがあります。だから皆がわたしと交際したがりましてね。人によっては、前からわたしのことを知っているような感覚にもなったようです。人生と、人間たちと、天賦の力が、向こうからわたしに受け入れてもらいにやってきて、わたしはその表敬を丁重かつ誇り高く迎え入れる。実のところこれほどまでに満ち足りて、またそれが自ずとであるのですから、わたくしは自分という人間を少しばかり超人として見なしておりました。わたくしは恥ずかしくない生まれではありますが、決して名のある家の者ではありません(父は一将校でした)。しかし朝目覚めた時には、恐れながら白状いたしますと、自分が君主の息子か燃える柴[16]かのように感じられたこともありました。ただしご留意ください、それは己が他の誰よりも聡明であるという確信——現にわたしも抱いていた確信——とは別なのです。だいたいそんな確信は無価値に等しい、数多《あまた》の痴れ者だって同じように思っているでしょうから。そうではなくて、あまりにも十全に満たされていたがゆえに、わたくしは自分のことを——ああ、こんなことを言うのはさすがにためらわれる——選ばれし者だと感じておったのでございます。全人類の中か

16 神の使い、あるいは神自身のこと。旧約聖書「出エジプト記」(第三章二〜四節)において、神の使いがモーセの前に燃える柴となって現れ、それを通して神が語りかける。

らただ一人、この長くそして不断の栄光のために選ばれた者なのだと。こういう考え方は結局のところ、わたしの謙虚さから生じたものだと言えましょう。こんな栄光がひとえにわたしの手柄のみに帰せられるわけがない。こんなにいくつもの、そして極まった美質がただ一人の人間のもとに結集するだなんて、単なる偶然の産物で片付けられるわけがない。だからわたしは、幸福に暮らしながらも、その幸福が何かしら超越的な意志によって付与されたものだと心のどこかで感じていたわけです。それでもわたしはいかなる信仰心も持っていたわけではない、と申し添えれば、わたしの感覚がいっそう類を見ないものであるとおわかりになるでしょう。だが類を見ようが見まいがどうだっていいのです。あの感覚の中で、わたしは高く浮揚していたんだ。長いこと、平俗な歩みを上から見下ろしながら。そう文字どおり、わたしは羽ばたいていたんだ、何年もの間。ああ口惜しい。まだ胸が疼《うず》く。わたしは羽ばたいていたはずなんだ、あの晩までは……。いや、失礼、これはまた別の話です。お忘れいただけますか。そもそも、少し話を誇張しすぎてしまっていたかもしれません。わたしが心地よく生きていたのは本当です、しかしその反面、何をしても完全に欲求が満たされたと感じられることはありませんでした。ひとつ悦楽を味わったら、すぐ次の悦楽を求めてしまって。パーティーからパーティーへと移り歩く始末です。幾夜もぶっ通しで踊り続けたこともありました。そんな時は、どんどん深みにはまっていくように、人間たちと人生とが狂おしく愛おしくなっていってしまう。ときおりそうした夜更けに、ダンスと軽いアルコールで解き放たれ狂乱し、他の者も皆どうとでもなれとばかりに喧騒に身を委ねる中、突如として気だるくも満ち足りた恍惚《こうこつ》に包まれました。そして疲労の限界の中、ほんの一瞬間、いよいよ人間と世界の秘められし真理を見出した気がしたものです。ところが、翌日には疲労は消え去っており——そして真理も同様に。だからわたしは再び飛び出しました。いつだって飽食で、それでも決して満腹にはならなかった。どこで止まったらいいのかもわからず、わたしは走り続けた、あの日までは、あの晩までは、ああ、あの時、音楽は止まってしまった、照明は落ちてしまった。パーティー、楽しかったなあ……。失礼、我らが友人たる霊長類くんを呼んでもいいでしょうか？　うなずいて感謝を示してやってください。そして、わたくしと一緒に飲んでください。わたしは今、あなたの同情が欲しい。

こんなふうに言われて驚かれているのはわかります。でも、ふいに同情やら助けやら友情やらが欲しくなったことはありませんか？　ですよね、もちろん。わたしはといえば、同情だけで満足することを覚えました。簡単に得られますし、相手は何も負わない。「心からご同情申し上げます」と言うだけ言って、心の中では「さあ次の話題に移ろうか」。首長のお気持ち、とでも言うべきかな。特に災害の後だとかにお気軽に表明してもらえる。これが同情でなく友情となると、こうすんなりとはいきません。獲得するまで時間も手間もかかる。しかも一度手に入れたらもうなかったことにはできない、ちゃんと向き合わなきゃいけません。でも友人になったとはいえ、毎夜使命のごとく電話してきて、あなたがよもや自殺を図ろうとしていないか確かめようとしたり、単に話し相手はいらないかとか、ちょっと外に出る気はないかとか聞いてくれたりするわけじゃありません。そうじゃない。もしも彼らが電話してくるとしたら――よくお聞きください――それはあなたが一人ぼっちではない夜、人生が順風満帆にいっている時なんです。そして本当に自殺かというような時には、彼らはむしろその後押しをしてくる。君はこの世界で生きるには崇高すぎる、とか言って。ねえあなた、天に祈りたいものですね、どうか友人らがわたしたちを高く買いかぶりすぎませんように！　我々への親愛が役目に入る人たち、すなわち両親とか親族（まったく字のごとし！）については、また別です。彼らは的確な正論を言ってくる、いやむしろ急所を撃ち抜く言葉とでもいうかな。まるで小銃で狙いすますかのように電話をかけてくるわけです。そしてその狙いは正確そのもの、しっかりとどめを刺してくる。ああ、バゼーヌ元帥[17]ここにあり！

え？　どの晩に何があったのかって？　そのことはのちほどね。もうちょっと今の話にお付き合いくださいよ。それに、友人と親類のくだりで、ある意味ではもうその話題に差しかかったようなものですから。さて、わたしはこんな男の話を聞いたことがあります。友人が投獄されたことをきっかけに、それからの夜、部屋の床で何も敷かずに寝ることにした男の話です。愛する友が安楽を奪われ、どうして自分のみくつろげようか、てなわけで。ねえあなた、誰がわたしたちのために床で寝てくれるでしょうね？　そう言うお前はできるのかって？　それはもう、そうありたいものですよ。そうなれないことはないでしょう。我々は皆いつの日かそうなれるかもしれない、それが救いです。ただ簡単ではないでしょうね。なぜなら、友情というのは腑抜けで

17　フランソワ＝アシル・バゼーヌ（一八一一～一八八八）は、フランスの軍人。普仏戦争でフランス軍を指揮して大敗を喫し、さらにプロシア側と内通していたという疑惑もあったことから、裏切り者のイメージを持つ。

あり、少なくとも無能ですから。友情がなさんと望むことは、友情には荷が重すぎる。ひょっとしたら、そもそもたいして何かを望んでさえいないんじゃないか。ひょっとしたら、我々はたいして人の生を愛してなんかいないんじゃないか？　あなたもお気づきではありませんか、我々の感情を覚醒させるものがあるとしたら、それはむしろ人の死なんじゃないか？　逝《い》ってしまったばかりの友というのは、なんて愛おしいのでしょう、ねえ？　上司も口に土を詰められて物言わなくなれば、なんと慕わしいのでしょう！　そんな時は愛慕の言葉も自然と口をついて出てくるというもの。向こうは生きている間に聞きたかったでしょうけどね。ところで、わたしたちはどうしていつも死者たちになら公正で寛大になれるのかお気づきですか？　理由は簡単！　一度死んだらもうなんにも押しつけてこないからです。彼らはもう我々を拘束しない、だからこっちはのんびり急《せ》かされることなく、カクテルとかわいい愛人の間にでも時間を見つけて愛慕をつのらせておけばいい。もし死者たちが我々に何かを押しつけてくるとしたら、それは記憶でしょうね。ところが我々は記憶力が悪いときた。いやはや、だから我々が友人関係の中で愛おしく感じられるのは、死にたてほやほやのやつだけ、言わばまだ悲哀が残る死人だけ、要するに我々自身の感動だけ、とどのつまり我々自身だけです。

たとえばわたしにもできる限り付き合いを避けていた友人がいましてね。わずらわしいやつで、おまけに堅物だった。でもご安心を、臨終の際にはちゃんと駆けつけて旧交を温めましたよ。わたしとしても、一日無駄にしたつもりはありません。彼はとても喜んで、わたしの手まで握って死んでいったんですから。それから、こちらが相手にしていないのにしつこく付きまとってくる女もいましてね。彼女も大変センスの良いことに、若死にしてくれました。たちどころにわたしの心は占領される！　そのうえ自殺ときたからには！　おおまいった、なんたる甘美な大激震！　電話が鳴る、感情が溢れ出す、あえて多くは語らない、それでいて言いえぬ思いがたっぷりにじみ出てしまう、なんとかして悲痛をこらえる、そしていいよ、そうそう、ちょっぴり自分を責めてみたりなんかして！

人間とはそういうものですよね、あなた。人間というのは二面性を持つのであり、誰かを愛おしむ裏で自分を愛《め》でずにいられない。ある日たまたまあなたの住む建物で死人が出たとしましょう、そんな時はぜひ、他の住民たちを観察してごらんなさい。彼らは各々こぢんまりとした生活の中で眠りこけていた、そんなところにほら、たとえばマンションの管理人の死！　彼らはたちまち目覚め、ちょこまかと動き出し、せっせと情報を集め、存分に胸を痛める。さあさあ人のお亡くなりだ、催し物のはじまりはじまり！　皆が悲劇を求めているんですね、それも仕方ない、それが彼らにとってささやかな浮揚を味わう機会、彼らにとっての食前酒《アペリチフ》なのですから。はて、わたくしがたとえに管理人を出すのは偶然かどうか？　いや実際に一人いたんですよ、実に忌まわしい男で、悪意の権化《ごんげ》、卑しさと恨みっぽさから組成されたモンスター、フランシスコ会[18]の宣教師でも投げ出すであろうやつが。わたしはその管理人とは口を利きさえしませんでしたが、それでもただその存在のみでわたしの日々の充実を脅かすには十分でした。さてそんな彼が死んだ時、わたしはわざわざ埋葬に立ち会った。理由をお聞きになる必要がありますか？

葬儀前の二日間なんてね、これまた傑作でして。故人の奥さんがふさぎ込んで床《とこ》に臥せったんですね。管理人の部屋は狭いものだから、寝込むベッドの隣に架台が置かれ、その上に棺桶が設《しつら》えられた。その部屋に郵便物を自分らで取りに行かなきゃならないわけです。[19]ドアを開けて「こんにちは、奥さん」と声をかけたら、棺桶を指差しつつ亡き夫を礼賛する夫人にひとしきり耳を傾けてやり、それから郵便物を持って出るという次第。そんなの普通は楽しくもなんともないでしょう? ところがどっこい、住人たちは防腐剤の匂い漂う管理人室へとひっきりなしに押し寄せた。使用人を遣いにやるなんてことはしません、そんなことするわけない、皆自分でこの千載一遇の椿《ちん》事《じ》を堪能したいのです。結局使用人たちも勝手にこっそりやってきたぐらいですから。そして埋葬の日ですが、なんと棺桶が大きすぎて玄関を抜けられないという事態が起きました。「ああ、あなた」奥さんがベッドから悲哀の中にも感激の混じった叫びを上げます。「あなたはなんて大いなる人だったんでしょう!」「心配いりません、マダム」と葬儀屋は答えました。「傾ければ通ります。いやいやまさか、ご遺体を斜めにするなんて真似は」そんなわけで棺桶を直立させた上で横向きに通し、それから再び平らに寝かせ、墓地まで運んでいきました。そこまで同行して棺の上に花を投げたのは、わたしだけです(あとは昔キャバレーのボーイをやっていたという男もいました

18 キリスト教の修道会のひとつ。ここではその積極的な布教活動ゆえに言及されていると考えられる。

19 フランスの多くの集合住宅では届いた郵便物を管理人が各戸に仕分けするが、ここではその業務が放棄されているため、住人が自ら郵便物を管理人室へ取りに行かねばならない。

かね。聞いたところによると故人と毎晩二人でペルノを飲む[20]仲だったとか）。その棺桶がまたずいぶん豪奢でね、驚いたものです。それから戻って奥さんのところに顔を出すと、悲劇のヒロインに似つかわしいお礼の言葉を賜りました。さて、こうしたことにどんな道理があるものか？　道理なんぞありません、ただのアペリチフですからね。

弁護士会の古い仲間の埋葬に出たこともあります。うだつの上がらない事務員でね、それでもわたしは握手を欠かさなかった。仕事の場では誰であれ握手することにしていたんです、しかも最低一日二回はね。こういう温かみのある実直さで、わたしは安上がりに万人の好感を勝ち取っていました。おかげでこちらも晴れやかでいられるというものです。その我らが事務員くんの埋葬の日、弁護士会長殿などはわざわざご足労あそばされない。しかしわたしは現れた。そして翌日に旅行を控えていたにもかかわらず、というおまけつき。まさしく、わたしはここで出席すれば注目され、好意的な評価を受けるであろうとわかっていたんですね。だから当日は雪も降っていたけれど、それでもわたしはためらわなかったんですよ。

え？　それは後で話しますって。心配ご無用。それにもうその話題に入ったようなものですよ。でも先に、管理人の奥さんのことでもう少し話させてください。奥さんは棺桶の十字架やら高級オーク材やら銀の取っ手やらに大枚をはたいていました。より自分の感情に浸るための出費みたいなものでね。その一か月後にはもう、美声が売りの色男を転がり込ませていました。これがまた女を殴るやつで、建物中に恐ろしい叫び声が響き渡る。そうかと思えば直後に、色男は窓を開けて十八番《おはこ》の恋愛歌を歌い出す――「女よ、お前たちはなぜこれほどまでに可愛いのか!」[21]「ふざけやがって」と住人たちはぼやく。でも本人は大真面目だったでしょう、どう思います? まあ、バリトンくんは顰蹙《ひんしゅく》を買っていた。そして奥さんも。それでも、二人が愛し合っていなかったという証拠はどこにもありません。奥さんが死んだ夫を愛していなかったという証拠もありません。実際、色男が喉も腕も疲れたのか出ていってしまうと、奥さんはまた故人の礼賛を再開したのです。貞女の鑑《かがみ》ですよねえ! しかし結局のところ他の連中だって、顰蹙は買わないかもしれないが、これより一途なわけでも誠実な

20　リキュールのひとつ。同じハーブ酒であるアブサンが二十世紀初頭に製造禁止となった後、代替品として開発された。
21　同題名の曲は、カミュと同時代の歌手であるティノ・ロッシが歌って人気となった。

わけでもない。わたしの知る男で、一人の世話の焼ける女に二十年もの歳月を捧げた者がいます。彼はすべてを犠牲にして女に尽くしました。友情も、仕事も、彼自身の節度も。ところが彼はある晩気づいたのです、自分はこの女のことを最初から愛してなどいなかったのだと。ただ退屈していただけ、それがすべてです。ただ退屈していただけ、他の大半の人間と同じように。だから彼は、ドラマティックに複雑で深刻な人生を己のために一から築き上げた。何かが起きてほしい——人間が厄介事に首を突っ込む時は、たいていそれで説明がつくでしょう。何かが起きてほしい、愛のない隷属でもいい、戦争でもいい、誰かの死でもいい。だから埋葬万歳！

少なくともわたくしに関して言うならば、そういう事情はありませんでした。わたしは退屈なんてしていなかった、なぜならわたしは高みに君臨していたのですから。その件《くだん》の晩も、むしろいつにも増して退屈からかけ離れていたと言っていい。そう、わたしは決して、何かが起きてほしいだなんて望んでいなかった。それなのに……。

ではあなた、よろしいですかね。あれはある秋の夕暮れ、街にはまだ暖かさが残り、セーヌ川にはもう湿気が出始めていました。夜のとばりが下りようとしており、明るさを残していた西の空もだんだんと陰ってきて、街灯がぼんやりと光っておりました。

わたしは左岸の河岸通りを上り、ポン・デ・ザール[22]の方へと向かっていました。ブキニスト[23]たちの閉じた箱が立ち並ぶ隙間から、川面の輝きが見えました。通りにはほとんど人影がありませんでした。パリの人々はもう夕食を取る時間でした。わたしは黄色くすんだ葉を踏みしめながら歩きました。それはわたしに夏の自然を懐かしく思い起こさせました。空に少しずつちりばめられていく星々の光が、街灯と街灯の間の暗闇に入った瞬間にだけ、はかなくも目に届きました。わたしは一日の終わりの静けさと、夜の穏やかさと、人気《ひとけ》のないパリに心地よく身を浸していました。満ち足りた気分でした。良い日だったのです。まず朝に盲人、それから仕事で狙いどおりの減刑、依頼人との熱のこもった握手、いくらかの施し、午後には友人らの前で即興の雄弁をふるい、当世の支配階級の非情さとエリートどもの欺瞞《ぎまん》について見事な演説を披露。ポン・デ・ザールまで来ました。その時間帯、人通りはありません。わたしは橋の上から、川面を見下ろしました。もうすっかり夜の闇に包まれながらも、水の流れが

22　セーヌ川に架かる橋のひとつ。
23　セーヌ川沿いに屋台を並べる古本屋のこと。屋台は欄干に固定され、夜間は箱として閉じられる。

かろうじて見てとれました。「好色なる王《ヴェール・ギャラン》」[24]を正面に、わたしは島を見下ろしました。自分は強者であるという——あるいはなんと言えばいいのでしょうか、自分はここまで上り詰めたのだという——壮大な感覚が湧き上がってきて、わたしの心を揚々と膨らませておりました。わたしは姿勢を正して、煙草に火をつけようとしました。充足感からの一服。その時、背後にけたたましい笑い声が響きました。どきりとし、とっさに振り向くと——誰もいない。手すりに寄りかかってみても、船もボートも見当たらない。わたしはまた島の方へ向き直りました。そして再び、背中に笑い声が聞こえた。今度はもっと遠くから、まるで川下へ流れ去っていくかのように。わたしはじっと立ちつくしていました。笑い声は小さくなっていく、しかしわたしの背後からはまだはっきりとそれが聞こえる。どこから聞こえてくるのかわからない、けれど流れる水のいずこからか以外には考えられない。心臓の鼓動が激しくなっていくのを感じました。いいですか、その笑い声の響きには奇怪なところなど何もなかった。むしろ晴れやかで、屈託のない、友好的とさえ言える、あたかも物事を美しく整え直すかのような響きでした。それからまもなく、何も聞こえなくなりました。わたしは河岸通りに引き返し、ドフィーヌ通りに出て、切らしてもない煙草を買いました。思考の焦点が合わず、息苦しさを覚えました。その夜友人の一人に電話をかけましたが、不在でした。街に出るべきか迷っていると、その時ふいに、窓の外から笑い声が聞こえました。わたしは窓を開けました。下の歩道で、若者たちが陽気そうに別れの挨拶を交わしているのが、しかと見えました。わたしは窓を閉め、肩をすくめました。さて、目を通しておきたい書類もある。わたしは水を一杯飲もうと洗面所に行きました。鏡に映ったわたしの顔は、微笑みを浮かべていました。そしてその微笑みが、二重に見えて……。

え？　ああお許しを、少し別のことを考えておりました。明日またお目にかかれると思います、おそらくは。ええ、また明日とさせていただきますよ。だめだめ、これで失礼いたします。それにね、あそこに座っているヒグマくんから相談の依頼が入っているんですよ。あれも素直な人間でしてね、それは確かなんですが、警察からこっぴどい目にあわされているんです。純然たる悪意による迫害ですよ。ちなみに、彼の

24　ブルボン朝初代国王アンリ四世の通称、およびその像がある広場の名前。セーヌ川の中州であるシテ島の先端にある。直後の本文にもあるとおり、ポン・デ・ザールからはこのヴェール・ギャラン広場を正面にしてシテ島を見下ろせる。

顔を見て殺し屋だとおわかりになりますか？　あれは仕事にぴったりの顔と言っていいでしょうね。彼は強盗においても一流です。しかしあなたも驚きになるでしょうが、あのほら穴に暮らす原人みたいなのが専門としているのは、絵画の密売なんです。オランダでは誰もが絵とチューリップの専門家ではありますがね。あの男はあんなおとなしそうな見た目をしておいて、この世で最も有名な絵画盗難事件の犯人なんですよ。どの事件？　それも多分、いずれお話しするときが来るでしょう。わたしの情報通ぶりに驚かれる必要はありません。わたくしは告解者にして裁判官、しかしここでは余技も見せております。あの手の本来善良なる者たちの法律相談役なのです。この国の法律を勉強し、この界隈で顧客を見つけました。ここいらでは誰も免状の有無なんてうるさく言いません。簡単ではなかったですがね、しかしわたしは信頼を植えつけられる人間だ、そうでしょう？　快活で素敵な笑顔、情熱的な握手、それでいちころです。それから、難しい事例もいくつか解決してみせました。第一には実利のために、第二には信念のために。万が一、ねえあなた、ポン引きや泥棒がいたるところで一人残らず断罪されてしまうようなことにでもなったら、その他の真面目な方々が自分らの側は全員そろって変わることなく罪なき者なのだと考え出すでしょう。わたくしに言わせていただけるなら——はいはいわかった、今すぐ行くから！——それだけはあってはなりません。お笑い草ですよ、そんなことにでもなったら。

☆

いやまさか、我が親愛なる同郷の士よ、それほどまでに好奇心を示していただけるとはありがたい。ですがね、あの話に特筆すべきところなど何もないのです。ご執心のようですから申しますが、確かに数日の間はあの笑い声が頭に浮かびもしたものの、そのうちに忘れてしまいました。ときおりわたしの中のどこかから、あれが聞こえてくるような感覚にとらわれたこともあります。そんな時でもだいたいは、気を取り直すのに苦労するということはありませんでした。

とはいえパリの河岸通りに足を踏み入れないようにはなった、それは認めねばなりませんね。通ったとしても車かバスの時でしたが、その瞬間には、わたしの内部が沈黙で固まりました。待ち構えてしまっていたのだと思います。しかしそうしてセーヌ川を渡っても何も起こることはなく、その度に息をついたものです。同じ折、わたしは健康にいくらか不調をきたすようになりました。はっきりしたことはわかりません、衰弱とでも言ったらいいのかな、どうにも気分上々というわけにはいかなくなってしまいましてね。何人もの医者にかかりましたが、強壮剤をくれるだけでしたよ。強壮の後は、再び衰弱。人生というものが、もう簡単ではなくなってしまいました。体が弱まると、心も力を失うものです。どうやらよく知っていたはずのものがわからなくなってしまっていました、それは一度も学習したことはないけれど、最初から熟知していたはずのものでした――どうやって生きればいいのか、ということです。そう、そのような時にすべては始まったのだと思います。

それにしても今晩もまた、どうにも調子がよくない。うまく舌も回りませんしね。なんだか言葉がうまく出てこない気がするな、正確にものを言えているかどうか。天候のせいでしょうね、おそらくは。どうも息苦しいし、空気もどんよりしてるしで、肺まで重苦しくなってくる。ねえ親愛なる同郷の士よ、もし不都合などおありでないようでしたら、外に出て少し街を歩くのはいかがですか？　ありがとう。

ああ、夜の川というのはいいものですね？　黴《かび》臭い水面の息吹、水に浸かった枯葉の匂い、川船にいっぱいに積まれた花から漂う、葬礼を思わせる香り――そういうものがわたしは好きです。いえいえ違う、こういう嗜好が病的だなんて思わないでください。むしろわたしとしては、わざと無理をしている。こういう川を好ましく思えるよう努めているわけです。わたしがこの世で本当に好きなのはシチリアですよ、わかるでしょう、しかもエトナ火山の頂上がいい、太陽の光に包まれてね、上から島と海を見下ろせるなら最高だ。ジャワ島もいい、でも貿易風の季節じゃないとね。ええ、若い頃に行ったことがあります。島というのは概して好きですよ。簡単に一番上に君臨できますから。

しゃれた家でしょう？　そこに顔がふたつ見えますね。黒人奴隷を表しています。[25]看板代わり。ここはかつて、奴隷商人のものだったんです。いやあ！　皆がおおっぴらにしていた時代だったんですよ！　大胆にも自分から宣言していたわけです、「さあどうだ、俺は通りに店を構え、奴隷どもを取引し、黒い肉体を売りさばいているんだぞ」ってね。想像なさってください、今日び、そんなのが仕事だなんて公然と吹《ふい》

25　アムステルダムのヘーレングラハト通りには実際に、黒人男女の胸像を入口に掲げた建物が現存する。

聴《ちょう》する輩《やから》がいたら？　とんでもないスキャンダルだ！　パリにいる我が同業者連中の声がここまで聞こえてくるようですよ。この手の問題となると、彼らに妥協はありません。平気で共同声明のふたつやみっつは繰り出してくる！　いやもっと出すかも。わたしだって深慮の末に署名を連ねるでしょうね。奴隷制度、ああだめだだめだ、我々は反対する！　自分の家や工場に置くのは仕方ない、それは道理というもの、しかしそれを得意げにひけらかすのはいけません！　やりすぎですよ。

わたくしは身にしみて理解していますがね、人は誰かを従え、隷属させずにはいられないのです。誰しも、きれいな空気と同じように奴隷が必要なんです。命令することと、それは酸素を吸うことに等しい。同意してくださるでしょう？　そしてこの世で最も恵まれぬ者でさえも、酸素にありつくことくらいはできる。社会階層の最底辺にいる者でも、まだ連れ合いや子供がいる。仮に独身であるなら、犬を持てばいい。要するに肝心なことは、相手に口答えする権利を与えぬまま怒鳴りつけてやれるということです。「父親には口答えせぬもの」という表現をご存じでしょうね？　ある意味これは奇妙ですよね。愛する者に言葉を返せないなら、この世の誰に返せばよいのやら。別の意味では説得力があります。誰かがぴしゃりと最後の言葉を担わなければならないのです。あれこれ反論が続くのを許してしまうと、いつまでたってもけりがつかない。そこで強権をふるえば、すべてをばっさり決着させることができる。時間はかかりましたが、我々はようやくそれを理解したのです。たとえば、あなたも既にお気づきのことでしょう、年老いた我らがヨーロッパは、ついに哲学のうまいやり方を発見するに至りました。我々はもうかつての素朴な時代のように、「我かく思う。汝の反論はいかに？」などとは言わない。今はずっと明快になりました。対話を通達に替えたんです。「これが真理だ」と言って示す。「皆さんがこれについて議論するのは常に自由であり、それは我々の関与するところではない。だが数年たったら、これが正しいという前提で統制を開始する」

おお！　この星はなんと麗しいことよ！　今ではすべてが明瞭だ。我々は己を知り、自分たちに何が適しているのかをわかっている。別の例を挙げるなら、あるいは別の話を挟むなら、さてかく言うわたくしめはどうか。わたしはね、いつだって笑顔で奉仕されたいと思ってきました。女中が悲しげにしていると、それだけで一日が毒されたものです。確かに彼女にも陽気でない権利くらいはあるでしょうよ。しかしながら人に仕える上では、めそめそするよりにこやかにしている方が彼女自身のためにもいいんじゃないか。だってわたしにとってそっちの方がいいのですから。いやいや、確かに目覚ましい理屈とは言えないが、まるっきり馬鹿げてもいないでしょう。同じ理由でね、わたしは中華料理屋には断固として行かなかった。なぜか？　なぜならアジア人というのは、黙っている時、そして白人を前にした時、どうも人を蔑《さげす》んでいるふうに見えるからです。もちろん客が相手でもその風情《ふぜい》のまま！　そんなふうにされて、どうして北京ダックに舌鼓《したつづみ》を打てますか？　だいたいそんな蔑みを見せられたら、自分が何か間違っているように思えてくるじゃないか！

しかるに、まったくここだけの話ですが、奴隷制度、より正確に言えば笑顔での隷属、これはどうしても不可欠なものなんです。ただし、我々はそれを公認してはいけない。奴隷を持たざるをえない者も、奴隷のことは自由民と呼ぶよう努めるべきです。第一にそれがしきたりを守るということだし、第二に、その方が奴隷たちを絶望させずに済むからです。彼らだってそれぐらいの恩情は受けていい。そうしておけば奴隷たちも笑顔のままでいられるし、我々も優しい心を保てる。でないと、我々は自分自身を信じ切れなくなって、苦悩でおかしくなるか、あるいはもう堂々と振る舞えないか、何にしても由々《ゆゆ》しきことになってしまう。そういうわけで、看板はなし。スキャンダルはよくない。そもそも、もし皆がテーブルについて各々本当の職分を、自分の正体を——おお恐ろしい——正直にさらすようなことにでもなったら、もう目も当てられない！　こんな名刺が交わされたらどうします、「デュポン、腰抜け哲学者」とか「金満キリスト教徒」とか「不倫大好きヒューマニスト」とか、もうなんでもござれだ、まったく。地獄のような有り様！　そう、そんなものは地獄に違いない。皆が道路に看板を出し、体《てい》よくとりつくろいもしないだなんて。一度分類が決まったらもうそれっきりなんて。

ねえあなた、親愛なる同郷の士よ、ちょっと考えてみましょうか。あなたならご自身のためにどのような看板をお掲げになりますか？　おや、何もおっしゃらない？　後でお答えはうかがいますからね。なんにせよ、わたくしは自分ではもう決めてあります。ふたつの顔を持つものがいい、素敵なヤヌス[26]を掲げたい、そしてその上には標語を書きます——「これを信用するなかれ」。そしてわたしの名刺には、「ジャン＝バティスト・クラマンス、役者」。ねえ、お話ししたあの晩からまもなくのこと、わた

26　ローマ神話の神で、その頭は背中合わせとなったふたつの顔からなる。

しは自分にある発見をしたんですよ。盲人を助け、歩道を渡らせた後、別れに挨拶をする——その時わたしは、帽子を上げて挨拶していたんです。それは明らかに盲人のためのものではない、だって彼には見えないんですから。ではわたしは誰に向けて帽子を上げていたのか？　きっと公衆にです。役を終えた後のご挨拶。たいしたものですよね？　同時期の別の日には、車の故障で助けてあげた運転手に礼を言われ、わたしの口はこう答えた。こんなこと誰がしてくれるでしょう、と。ええもちろん、わたしは本当は誰もがと言いたかったのです。この言い間違いは、わたしの心に影を落としました。わたしは、慎みにおいては完全無欠のはずだったのに。

恥ずかしながら認めねばなりません、我が親愛なる同郷の士よ。わたしはいつだって自惚れではちきれんばかりだった。わたし、わたし、わたし、それがわたしの愛しい人生のリフレインで、わたしの言うことのすべてに響き渡っておりました。自画自賛なしに話すことができなかったし、特に謙虚に話そうという時、誰もが感嘆した深奥極まる我が謙虚ぶりを示そうという時、なおさら自慢は混じりました。わたしが自由に、力に満ちて生きていたのはまぎれもない事実でしたから。そして誰の前であれ自由を感じていられたのも、単純に、わたしに比肩しうる者は誰もいないというご大層な確信からでした。既に申し上げたように、わたしは自分が誰よりも知的であると考えていましたし、また誰よりも感受性豊かで、如才なく、さらには射撃も一流、運転の腕も最高、色恋においても並ぶ者なしと見ていました。比較的容易に劣等感を認識しうるような分野、たとえばテニスなどにおいても、一緒に打つにはまずまずという程度の腕しか持っていなかったにもかかわらず、トレーニングを積む時間さえあればトップシードの選手をも圧倒してしまうだろうと見込まないではいられませんでした。わたしは己に優越性しか認めることができなかったのであり、持ち前の博愛も公明正大もそれゆえのものでした。つまり、わたしが人の世話をしてやるのは純然たる施しの精神からだったのです。そしてそれは何にも縛られない自由なものであり、その利益も丸ごと自分に還元されました――自己愛の目盛りをまたひとつ上げるという形で。

例の晩に続く日々の中で、いくつかの事実とともに、こうした否定しえない己の実態を少しずつ発見していきました。一挙にではありません、また最初から明瞭に浮かび上がってきたわけでもありません。まずわたしは、自分の内に記憶というものが姿を現すのを感じました。自分の頭の中にあったものが次第に見てとれ、理解しうるよ

うになっていきました。それまではいつも、驚くべき忘却の力の恩恵をこうむってい
たのです。すべてを忘れ、何よりも先に決意から忘れていきました。結局のところ、
重大と思えることなど何ひとつなかったのでしょう。戦争、自殺、愛、貧困、そうし
たものにもちろん関心は払っていましたが、成り行き上必要な場合のみで、しかも儀
礼的に、うわべだけ。ときおり、自分の日常になんの結びつきもない訴訟事件でも、
義憤の炎を燃やすようなふりをしてみせることはありました。でも本当のところは、
まったく思い入れなど感じていなかったんです。無論、わたし自身の自由が阻害され
るとなったら別ですが、他のこととなるとね。なんと言ったものでしょう？　滑り落
ちていったのです。そう、すべてがわたしの上を滑り落ちていったのです。
　公正を期して言うならば、我が忘却の力にも褒めてやるべきところはありました。
あなたもご存じでしょう、ある種の人々はいかなる侮辱を受けても許してやることを
信条とし、そして実際に許してやりはするのですが、決して忘れようとはしない。わ
たしは侮辱を許してやるような資質は持ち合わせておりませんが、そんなことを覚え
ているようにもできていませんでした。わたしの反感を買ったと思っている人たちは、
わたしが満面の笑みで挨拶してくるのを見て仰天したでしょうね。あとはその人の性

格によって、わたしの度量の広さに感服するか、あるいは意気地のなさを馬鹿にするかですが、どちらにしても、実際の理由はもっと単純であるということがわかっていない。単にもう忘れてしまっていたのです、彼らの名前さえも。わたしを無関心にも恩知らずにもしていた忘れっぽさという欠点が、こういう時には寛大さとなって現れたわけです。

そのような次第で、わたしの日々には連続性というものがありませんでした。唯一いつの日も続いていたのは、わたし・わたし・わたしだけ。その日その日の女、その日その日の美徳と悪徳、その日その日を野犬のように、だがいつの日でもわたし自身、それだけは確固として変わらない。わたしはそのようにして日々の表面をするすると渡り、言ってみれば現実に潜ることなく、ただ言葉のみをさらっとたどるようにして生きていました。あらゆる本はさらっと目を通すだけ、あらゆる友はさらっと付き合うだけ、あらゆる街はさらっと見て回るだけ、あらゆる女はさらっと抱くだけという具合！　それ以上のことをするとしたら、ただ退屈からか、気晴らしからか。皆がわたしについてきて、とりすがろうともしました。しかしわたしにはとっかかりがない。残念なことです、彼らにとっては。わたしにとっては、単に忘れていただけですから。

わたしは、わたし以外のことを何も覚えていませんでした。さてそのようなわたしに、少しずつ記憶というものが戻ってきたわけです。あるいはむしろ、わたしから記憶の方へ立ち返ったと言うべきでしょう。そして、わたしをそこで待ち構えていたひとつの過去が蘇ることになりました。しかしそれについてお話しする前に、親愛なる同郷の士よ、わたしが記憶の探索により発見した事柄のいくつか（あなたにも必ず益するものと確信しております）を、まず提示させてください。ある日、車の運転中、信号が青に変わったにもかかわらず発車に一瞬遅れてしまったことがありました。辛抱強さに定評のある我らが同郷人にたちまちクラクションの大合唱を後ろから浴びせられたその時、わたしの脳裏に突然、似たような状況で起きた昔の事件が思い起こされたのです。それは同じように信号待ちの場面でした。一台のバイクが追い越していき、赤信号でわたしの車の前に止まったのです。乗っていたのは、鼻眼鏡をかけゴルフ用の半ズボンを穿いた、背の低いがりがりに痩せた男。この小男のバイクが、止まった拍子にエンストしてしまった。いくらかけ直そうとしてもうまくいかない。そのまま青信号になったので、わたしは彼にいつもの礼節たっぷり、後ろが通れるようバイクを脇に寄せていただけないものかと要求しました。喘鳴《ぜんめい》を漏らすばかりのバイクの上でご機嫌ななめだった小男は、パリの者に似つかわしい丁重さで、わたしにすっこんでいやがれと返答しました。わたしは依然として礼儀を守り、しかしながらささやかなる苛立ちを込め、もう一度同じ要求をしました。彼から即座に、黙れこのごみくず野郎との回答。その間にわたしの背後で、クラクションの音が重なり始めました。わたしはいっそう毅然とした態度で、相手に口を慎むよう、そして交通の妨げになっていることを自覚するよう通告しました。短気なる小男は、エンジンの機嫌の悪さがいよいよ確たるものとなり激昂《げっこう》したのでしょう、曰くもしお望みなら喜んで「カタにはめ」てやるとの意思を伝えてきました。そのような非友好的態度をとられ、十分な憤怒の念に満たされたわたしは、この口汚い輩を張り倒してやるべく車を降りました。わたしは自分のことを臆病だとは思っていませんし（しかし誰が己を臆病だと思う？）、相手よりも頭ひとつぶん背も高かったですし、いざとなればいつでも筋力にものを言わせることもできたんです。今でも、殴り合いとなったらカタにはめられていたのはわたしではなく相手だったと思っていますよ。けれどもわたしが路上に足を置くや否や、集まり始めていた野次馬の中から一人の男がわたしの方に飛び出してきて、お前は最低の中の最低だ、バイクにまたがっている人間しかるに不利な状況にある者を殴るだなんて許さんと罵《ののし》ってきたのです。わたしはその銃士殿[27]の方に向き直ろうとしましたが、実際にはその顔を見ることさえできませんでした。なぜなら、わたしが振り向こうとしたほとんどその瞬間、バイクから復活の爆音が聞こえるとともに、横っ面に力いっぱいの一撃をくらっていたからです。何が起きたのか把握する間もなく、バイクは走り去っていきました。唖然としながら、わたしが機械的にダルタニャン殿の方へと足を踏み出したその時、今やかなりの規模となっていた車の列から、怒れるクラクションの大合唱が巻き起こりました。再び青信号になっていたのです。そのためまだいくらか混乱しながらも、わたしを呼び止め邪魔した頓馬《とんま》に後悔させてやることは諦め、おとなしく車に戻り、発進しました。その直前、頓馬から別れの挨拶代わりに「無様なやつめ」と言われたのが、今でも思い出されます。さしたる出来事でもないとおっしゃいますか？　そう思われるかもしれませんね。

単純に、この一件は忘れてしまうまでに時間がかかった、それがさしたるところなのです。自分を庇《かば》ってやるべき点はいくつもありました。殴られたままやり返せなかったとはいえ、誰もわたしのことを臆病者と責めることはできないでしょう。二方向から注意を引かれたことで不意打ちをくらい、どうしようもなく動揺していた状態で、さらにクラクションの嵐が混乱に拍車をかけたのですから。とはいえ、わたしは何か己の名誉に背くことをしてしまったかのように、いたたまれない思いに沈みました。やられっぱなしで車に戻る自分の姿を、何度も何度も思い返しました。その時の野次馬たちのいやらしい喜びを帯びた視線、あれは——今でも覚えていますが——わたしがとびきり上等なブルーの背広を着ていたからというのもあったでしょう。わたしの耳に、「無様なやつめ!」という声が響き続けました。しかしその言葉も認めざるをえないものであるように思えました。わたしは結局のところ、公衆の面前で尻尾を巻いて引き下がったのです。状況というものがあったのは確かです、けれども状況というものは常にあるわけですから。遅まきながらも、あの時とるべきだった行動がはっきりと理解できました。ダルタニャン殿を強烈なフックで殴り倒し、車に戻って、わたしに不意打ちをくらわせた下衆《げす》野郎を追いかけ、バイクを歩道ぎわに詰めて動け

27 アレクサンドル・デュマの小説『三銃士』のイメージから、銃士は正義の味方を思わせる。少し後に出てくる「ダルタニャン」も同小説における主人公の名前で、同様の意味合い。

ないようにし、引きずり下ろしてから、下衆野郎が当然受けてしかるべき制裁を存分に味わわせてやる——そんな自分を思い描きました。いくらかのアレンジは加えながらも、わたしは想像の中でその短編映画を百ぺんも繰り返しました。そうはいっても、手遅れは手遅れ。何日かは、苦々しい怨恨に歯嚙みさせられたのです。

おっと、また雨が降り出した。よろしければ、そこのポーチで雨宿りしませんか？

ふう。何をお話ししていましたっけね？ ああそうだ、名誉のこと！ そう、その出来事を改めて思い出した時、わたしはそれが何を意味していたのかを悟るに至りました。とどのつまり、わたしがそれまで思い描いてきたものは、現実の試練に耐えることができなかった。もはや明白なことでした——わたしは、自分が完全な人間であるという夢想を抱いていた。人格上も、職業上も、まったき尊敬を受ける人間。言わばセルダンとド・ゴール[28]を足したような存在。要するに、わたしはすべての領野をあまねく支配したかった。だからこそあの時、わたしは気取り、格好つけて、知的天分よりも身体能力を見せつけようとしたのです。結果、公の場で殴られたまま引き下がった後、そうした美しき自己像を育み続けることもできなくなってしまいました。いやしくも自負どおり、本当にわたしが真理と知性の友であったならば、もはや立ち会った誰一人として覚えていないあの出来事に何を気にすることがあったでしょう？　せいぜいのところ、つまらぬことに腹を立てたこと、そして腹を立てたことで引き起こされた事態に我を忘れるあまりうまく対処できなかったことを、思い起こして反省する程度であるはず。ところが実際には、わたしは復讐の念に燃え上がり、殴りつけ蹂躙《じゅうりん》してやりたくて仕方がなかった。あたかもわたしが本当に望んでいたのは、この世で最も知的で最も寛容な人間でいることではなく、ただ望むままに人を打ち負かすこと、つまり最も強い人間でいることだったかのように――しかも、最も原始的なやり方でそうなりたかったかのように。実際あなたもおわかりでしょう、インテリなら誰しもが、ギャングになって暴力のみで社会に君臨することを夢見るものなのです。でもそれはその手の小説を読んで思うほど簡単ではないから、皆が代わりに政治に走り、最も残虐な政党にまっしぐらとなる。もしそれで人間を支配できるなら、自分の

28　マルセル・セルダン（一九一六～一九四九）は世界王者に輝いたボクサーで、明るい人柄でも知られる。軍人、政治家のシャルル・ド・ゴール（一八九〇～一九七〇）は強力な指導者と位置づけられており、第二次大戦時のフランス降伏後に対独レジスタンスを呼びかけ、解放後は臨時政府主席、一九五九年に大統領に就任した。

精神を貶《おとし》めるくらいどうということはない、そう思いませんか？　わたしは、己の内にもそうした甘美なる暴政の夢があることを発見するに至ったのです。

それにより、認めざるをえないことがひとつありました——わたしは確かに犯罪者や被告人の味方をしてきました、しかしそれは、彼らの罪業《ざいごう》がわずかなりともわたしに害を与えるものではないという厳粛な条件においてのみだった。彼らの罪状がわたしを雄弁にさせるのは、ただわたしがその犠牲者ではないという限りにおいてだった。もしも自分自身が脅かされたならば、わたしは自らが裁判官となって裁きを下してやることを望みました。いやそれだけでなく、暴虐の君主となって、法など度外視し、不届き者をめった打ちにして跪《ひざまず》かせてやることを望みました。そのような自分に気づいた後となっては、親愛なる同郷の士よ、己が正義の天命を受けた者だとか、弱者を守護する定めにある者だとか、まともに信じることはもうひどく難しくなってしまいました。

雨がますます強くなってきましたし、我々には時間もあるわけですから、この間に思い切って、わたしが立て続けに記憶の中に見出したことをもうひとつ、打ち明けてしまってもよろしいでしょうか？　さあ、このベンチなら雨にも打たれずに済む。何世紀にもわたって、人はこうしてパイプをくゆらせながら、同じ川に降る同じ雨を見つめてきたんだな。さて今からお話しすることは、一筋縄ではいきません。今度の話題は、女です。最初にご承知おき願いたいのですが、わたくしは女性関係における恒常的な成功者でした。しかも何も労することなく。女たちを幸せにしてきたということではありません、女たちのおかげで幸せになれたということでもありません。ただただ成果を上げてきた、それだけです。望みさえすれば、だいたい得られる。わたしは魅力ある人間とされていたのです、ご想像いただけますか？　魅力というのがどういうものかはご存じでしょう――それはつまり、こちらから何もはっきりと尋ねてはいないのに、いいわ《ウィ》という答えを引き出せる力のことです。当時、わたしはそれを持った人間でした。驚かれますか？　かまいませんよ、正直におっしゃってください。今ここにある顔からすれば、当然のことです。やれやれ！　ある年齢を過ぎたら、誰しも自分の顔に責任を持たねばなりませんからね。その点わたしの……まあそんなことはいいとしましょう！　事実は変わらないのだから。わたしは魅力ある人間とされていた、そしてそれを享受していた。

決して手練手管《てれんてくだ》を弄《ろう》した結果ではありません。わたしは真心の人間でした、少なくともほとんどのところは。わたしの女性との関係はあくまで自然に、無理なく、言わば簡単に生まれました。そこに術策が入り込むことはありません。あったとしても見えすいたものだけ、つまり、女性からお上手ねと返されるような言葉だけです。ありていな言い方をするならば、わたしは女の人が好きでした——それは結局、本当の意味ではそのうちの誰一人として愛していなかったということになるにしても。女ぎらいは馬鹿げてくだらないことだと思っていましたし、知った女性のほとんどは自分より優れた存在として扱いました。ただしそれほどの高みに据えながら、わたしは彼女たちを敬うよりもむしろ道具としていた。なぜとお尋ねになりますか？

　言わずもがな、真の愛というのは例外的なもので、せいぜい一世紀に二、三回程度でしょう。残りはむなしさか退屈だけ。どうあっても、わたしはポルトガルの修道女[29]とは違う。冷めた人間というわけじゃありません、いやまさか。それどころか情に厚いあまり、涙もろくて困るくらいです。ただわたしのほとばしる愛は、すべてわたし自身に注がれるというだけ。わたしの情の厚さも、ただわたしだけを包むものなのです。そう考えれば、わたしが誰一人として愛したことがないというのは嘘になりますね。わたしは人生の中で少なくとも一度は心の底からの愛情を抱いたことがある、ただし、その対象はやはり自分自身だったということです。そのような見地に立ったことで、年若い時期の避けがたい煩悶を経て、わたしの指針は直ちに定まってしまいました――官能、ただそれだけがわたしの恋愛生活を支配してしまいました。わたしが追い求めるのはただ、快楽と征服の対象だけでした。そして、わたしの体力もその追求を後押しすることになりました。天はわたしに気前がよかったんですね。そのような生活は少なからず誇りにしていましたし、多くの満足もあった。快楽によるものだったのか優越感によるものだったのかはわかりませんがね。ああ、また自慢話だと言われてしまう。否定はいたしません。しかしこれについてはさほどの高慢にもならないでしょう、事実に即した自負にすぎないのですから。

なんにせよ官能の追求、ひとまずその話をしますと、それはひどくわたしを駆り立てるものでした。たった十分間でも情事を楽しめるなら、父母を捨てることも厭《いと》わなかったでしょう。たとえ痛切に後悔することになったとしてもね。いやそれどころの

29 『ポルトガル文《ぶみ》』(一六六九年)として刊行された、ポルトガルの修道女による切々たる恋文のことが示唆されている(現在では偽作と推定されている)。

話じゃない！　十分間の情事のためなら！　そしてその情事が明日にはもう交わせないとなればなおさらだ！　わたくしにも節操というものはありました、もちろんもちろん。たとえば、友人の細君は不可侵とせねばなりません。だから誠実を貫いて、数日前までにはその夫と友人の縁を切っておいたものです。ここまでくれば、もはや官能と言って済む問題ではないでしょうね？　官能というのはこれほど救いがたいものではないはずだ。なるべく寛大な言葉を使うことにして、これはもう障害と呼ぶことにしましょう。つまり愛の中に行為以外の何も見ることができないという、ひとつの先天的欠陥。この障害も結局のところは、至極快適なものでした。それは持ち前の忘却能力と一緒になり、わたしを何にも縛りつけずにおいてくれた。加えて、そこから滲み出るちょっとしたつれなさとか、何にも依存しない強さに引き寄せられて、さらなる成果を重ねる機会が向こうからやってきました。ロマンチックな愛を囁《ささや》かない態度それ自体が、相手のロマンを膨らませる豊潤な栄養素となったのです。この点において、我らが麗しの女性たちは皆ナポレオンと同じです。誰もが果たせなかったことを、自分だけは成し遂げられると思いたがる。

一方こうした交際の中では、官能の他にも堪能しうるものがありました――つまりゲームの喜びです。わたしは女性たちを、ゲームの相手として好んでいたのです。少なくとも無邪気な類の喜びだったと言えましょう。おわかりですよね、わたしは退屈することに耐えられず、人生においては戯れ事にしか重きを置きません。いかなる社交の場も、どんなに華々しいものであれ、わたしをたちまちげんなりさせてしまう。対して気に入った女性と一緒にいる時は、決して退屈などしない。大きな声で言えることではありませんが、その辺のかわいい女優志望の女の子と一度デートできるとなれば、アインシュタインとの十回の対談だって辛抱したでしょうね。まあそのデートも十回目になれば、むしろアインシュタインや小難しい読書の方に鼻息を荒くするかもしれないが。要するに、重大問題に心を割くにしても、我が卑小なる放蕩の合間だけ。友人たちと歩道の上で熱の入った議論を交わしている最中に、艶《なまめ》かしい女がそばを通っただけで話の筋を見失ってしまう、そんなことも幾度もありました。

このゲームは、お芝居のそれでした。さっさと目的にだけ到達するというのは、女性から好まれませんよね。彼女たちが求めているとおり、まず会話、甘い言葉、そういうものが肝要です。わたくしは弁護士でしたから、口で苦労することはありません。また兵役中は常に猿芝居の訓練を積んでいたようなものでしたから、目で伝えるのもお手のもの。台詞《せりふ》は適宜変えましたが、演目はいつも同じ。たとえば、なんとも説明しがたい魅力にとりつかれてしまった僕の巻。「なんだろう、この気持ち」とか「どうしてかわからない、僕は誰かに心奪われたいだなんて思ってなかったんだ、もう人を好きになることにはうんざりしていたはずなのに」とか、最も使い古されたレパートリーのひとつではありますが、依然として効果はありました。あるいは、魔法にかかったような喜びの巻。こんな幸福感を与えてくれた女性は他にいない、もしかしたら、いやきっと長く続くことはないだろう（保険をかけておくに越したことはありません）、でも君といることは僕にとって何にも代えがたいんだ、とか。とりわけ、ちょっとした長台詞に磨きをかけておいたところ、いつもたいへん受けがよかったですよ。あなたも拍手してくださるのではないでしょうか、きっとね。この長台詞の要点は、痛ましくも諦観した自己認識の表明にあります。僕はろくでもない人間だ、僕なんかにかまうことはない、僕のまっとうな生はどこかに失われてしまったんだ、月並な幸福を取り戻すことはもうできなくなってしまった、月並だけれど何よりも大切だったはずの幸福、でももうだめなんだ、今では遅すぎる、云々。何がそんなに遅すぎるのかについては、言えない秘密としておきました。向こうも謎多き男と寝る方がいいでしょうから。ある意味では、わたしは自分の口から出る言葉を自分でも信じていました。まさしく自分の役を生きていたんですね。すると自然に――驚くことではありません――相手も自分の役を熱演し始める。感受性豊かな女性であれば、わたしのことを理解しようと精を尽くし、尽くした挙句に哀愁を滲ませて身を任せてくる。そうでない女性も、わたしがゲームの規則の下、行為の前にまず会話という粋《すい》を通したことに満足したら、速やかに現実的な交渉へと移ってくれる。そのようにしてわたしは成果を上げ、しかもその成果は二重のものでした――なぜならわたしは彼女らへの欲望を満たしただけでなく、己の見事な能力をその都度証明することで、自分自身に寄せていた愛をも満足させることができたのですから。

そういう事情があったので、わたしはたとえ凡庸な快楽しか与えてくれない女性であっても、たまには縒《よ》りを戻すように努めていました。おそらく空白の期間を置くことでのみ醸成される情動もありましたし、それに乗せられて親密さもたちどころに蘇ります。しかしながら目的はそれだけではありませんでした。わたしは、二人の絆がまだ切れていないこと、そしてその絆はひとえにわたし次第でいつでも手繰《たぐ》り寄せられるということを確認したかったのです。ときおり女たちに、わたし以外の男にはなびかないという誓いを立てさせることさえありました。その手の不安はきれいさっぱり解消しておきたかったものでね。もっともその不安は、情の深さによるものでも想像力の豊かさから生じるものでもありません。わたしの内に巣食った自負心は巨大すぎて、手に入れた女性が他の男のものになりうるという至極当然の可能性さえ、とてもじゃないが想定できなかった。だから女の誓いが持つ意味は別にあります。それは彼女たちをわたしに縛りつけ、同時にわたしを自由にするためのものでした。つまり、彼女たちが他の誰のものにもならないことが了解されたその時から、わたしはようやく彼女たちのことを切り捨てる決心ができたのです。それを経ないことにはまずもって無理でした。女に関してはその確認が一度取れればもう十分、それでわたしの力は未来にわたって保証される。妙に聞こえますか？　そうですよね？　でも事の次第はそうなんです、親愛なる同郷の士よ。「僕を愛してくれ」と叫ぶ者もいれば、「僕のことは愛さないでくれ」と叫ぶのもいる。しかし一番たちの悪い悲しき種族の者は、「僕のことは愛さないでくれ、でも忠実ではいてくれ」と叫ぶのです。

　ただ問題は、その確認は終局的な解決になっていないということです。新たな女性に出会ったら、新たな確認を始めなければならない。そうやって何度も何度もやり直すと、物事は習慣化する。言葉が思考を経ずに口をつく、続く行為も反射になる。そうしてある日、たいして欲しくもないのに手を伸ばしている自分に気づく。ご理解いただけますでしょうか、少なくともある種の人間にとっては、いらないものを取らないというのがこの世で最も難しいことでしてね。

実際にあった例をお話ししましょう。その女性が誰なのかについては、お伝えしても意味はないでしょう。さほど魅了されたわけでもないが、つつましくひたむきな様子に心惹かれたとだけ申しておきます。最初から予想されていたことではあったのですが、率直に言ってしまえば、それほど熱の上がるひとときとはなりませんでした。しかし何も負い目に感じることなく、その女性のことはすぐに忘れ去ってしまい、その後はもう会わずにいました。どうせ何もわかるまいと思っていましたし、彼女がそれについてなんらかの所見を抱きうるとは想像もできませんでした。実際、彼女のつつましさというのは浮世離れしたものにさえ見えていたのです。ところが数週間経って、彼女が第三者にわたしの期待はずれぶりについて暴露していたと判明しました。わたしはたちまち騙されたような気分になりました。彼女はわたしが思っていたほどつつましくもないし、物を知らないわけでもなかったのです。わたしは肩をすくめ、笑い飛ばすふりをしました。本当に笑い出しさえしました。こんなことで騒ぎ立てるべきでないのは明らかですから。もし慎み深さを守るべき分野があるとしたら、性的活動のそれではないでしょうか。なかなか思ったとおりとはいかない営みですしね。とはいえ軽んじていいものでもない。我々は皆この分野で最も有能でありたいと思っているのです、たとえ相手がいない時でさえも。では肩をすくめてはみたものの、わたしがそれからいかなる行動に出たか？　少し間を空けてから、わたしはもう一度その女に会い、誘惑し、完全に手中に収めるべく手を尽くしました。それほど難しいことではありません。女性にとっても、不首尾に終わったままというのは心残りであるわけですから。そして手に落ちてからすぐ――もともと目論んでいたわけではありませんよ――わたしは実際、あの手この手で彼女を貶《おとし》めるようになりました。無下に捨てて去ってはまた呼び戻し、常識的でない時間と場所をわざと選んで身を捧げさせ、乱暴に扱い、あらゆる種類の苛みを味わわせる、その繰り返しで、わたしと彼女の関係は看守と囚人のそれとして想像されるものにまで行き着きました。それは、彼女が苦痛と恥辱を伴う快感に激しく身悶えするようになるまで続きました。そして彼女がついに自分を奴隷に変えたものへの礼賛《らいさん》を大声で叫ぶに至ったその日、わたしは彼女との縁を切ることにしました。それきりもう、その女のことなどすっかり忘れてしまいました。

ええ、心中お察しします。あなたは行儀よく静かに聞いてくれていますが、この一件はさほど誉れ高いものとは言えませんよね。しかしながら、親愛なる同郷の士よ、ご自身の人生のことも考えてごらんなさい！　記憶を掘り起こせば、似たような過去のひとつやふたつ、あなたにも見つかるんじゃありませんか。後できっとお話しくださいね。わたしはね、この一件の思い出が脳裏に蘇った時、当時と同じく笑い出してしまいましてね。でも別の種類の笑いです。心なしかポン・デ・ザールの上で聞いたあれに似ていた気がします。女性たちに対する能弁も、法廷でふるってきた雄弁と同じく、我ながら滑稽なものに思えました。どちらかといえば法廷での弁舌よりも女性へのそれの方がましだったとは思いますが。少なくとも女性たちの前では、わたしに嘘偽りはほとんどなかったのですから。わたしの振る舞いに、本来の自分が隠れもせずはっきりと表れていた。たとえば愛の営みは、ひとつの自己開示にほかなりません。エゴイズムが喚《わめ》き散らすことも、自惚れが罷《まか》り出ることも、本物の優しさが姿を見せることもある。先ほどの後ろ暗い過去においてだって、わたしはその女の前では、むしろ他の女性といる時よりもいっそう、自分でも思いも寄らないほどに率直でいることができました。わたしの素性や性分まで包み隠さずさらしたものです。だから世評とは異なり、わたしは無実の人や正義のために法廷で熱弁をふるっていた時よりもよほど、私生活での方が堂々としていました。お話ししたような営みの最中にはなおさらです。人との交わりにおける自身を見つめるときには、どうあっても本来の自分というものを見て見ぬふりはできません。何人《なんぴと》たりとも官能の中で自分を偽ることはできない――はてどこで読んだ言葉だったか、あるいは自分で考えたのか、どうでしょうね、親愛なる同郷の士よ。

女と決定的に手を切るのはまったく気安いことではない――だからわたしは同時にいくつもの関係を保っていた――わけですが、どう考えてもその原因は、わたしが情にもろいからではありませんでした。女性の気持ちがくじけ、わたしとの逢瀬にアウステルリッツ[30]のごとき展望など期待できなくなってしまい、別れを切り出す、そんな時でもわたしを突き動かしたのは情ではない。わたしはすぐに歩み寄り、譲れるところを譲り、雄弁にほだす、そんな時、情のもろさと心の柔らかさを突かれているのはむしろ女性側であるわけです。わたくしとて、その手の感情の上っ面を撫《な》でられたくらいの刺激は感じます。が、別れ話への多少の苛立ちと、一個の愛情を失うことへの警戒によるものでしかありません。時には自分がまっとうに心を痛めているように感じたこともあります、嘘じゃありませんよ。しかしそのつれない女が本当にわたしのもとを去ってしまいさえすれば、いとも簡単に記憶からも消えました。反対に、その女性がやっぱりあなたとは別れられないと言い出した時も、その瞬間からどうでもよくなりました。そう、わたしが女から捨てられそうになった時に覚醒するのは、情愛でもないし甘受の精神でもありません。ただただ、自分への愛を示してほしいという欲望、わたしに対してなすべきことをなしてくれという願望、それだけだったのです。そしてひとたび愛を確かめられさえすれば、その女のことはまた頭から追い払って、わたしは再び輝き出し、気分も上々、好ましい人間に戻れたわけです。補足させていただきたいのですが、そうして取り戻した女の愛情というのは、もう重荷としか感じられませんでした。苛々している時などは、わたしにつきまとうこの

30　ナポレオン率いるフランス軍がオーストリア・ロシア連合軍に大勝利を収めたアウステルリッツの戦いのこと。ナポレオンが指揮した戦争の中でも最も華々しい勝利とされる。

人間の死こそが理想的解決であると考えもしました。死ねばわたしとの関係は不可逆的に固着してしまうものの、現実的な煩わしさは解消される。しかし誰も彼も死んでくれと祈念するわけにはいきませんし、そこで求めている自由は究極的に、この星の全人類を殲滅《せんめつ》しない限り達成されない。そんなこと、わたくしの豊かな情緒と人類愛が許しません。

こうした情事において、すべてが順調で、心の平和だけでなくあちこち行き来する自由も守られている時には、感謝の念という奥深き感情をひとえに抱くこともありました。女とのベッドを離れ、すぐ別の女と会っている時以上に優しく明るく振る舞えたことはありません。一人の女性から受けた恩義を、他の女たちに振り分けて返すようなものですね。そんなふうに、わたしの恋愛事情というのは表面的には混沌《こんとん》たるものとして見えたにしても、実際の動きとしてはわかりやすいものでした。つまりわたしへの愛を周りに配置し、欲しい時に手に取るだけ。自分で言うんだから間違いありませんが、わたくしはこの地上のあらゆる存在が、あるいは可能な限り多くが、わたしの方を向いていてくれないと生きていられなかったのです。全員が永続的に虚《うつ》ろで、独立した生活など持たず、わたしの呼びかけにいつ何時《なんどき》であれ応じる態勢にあり、つまるところわたしが恵みの光で照らしてやらない限り何も生み出せない定めに置かれているることを求めていたのです。要するにわたしが幸福に生きるためには、わたしの選定した者たちは生命を持っているべきではなかった。その者たちはただ、わたしの気まぐれで時に応じて生命を享受する存在でなければいけませんでした。

ああ！　こんなことを話して、断じて自己満足に浸っているわけではないのです、どうか信じてください！　あの頃を思い返せば、わたしは何も支払うことなく何もかも要求し、自分のために数多くの人間を振り回し、あたかも全員冷蔵庫に入れておいて、その日の都合に応じて取り出していたようなものだった。当時を思うと去来するこの不思議な感情、これをいったいなんと名づければよいのやら？　恥、でなかろうか？　恥、恥、ねえ、親愛なる同郷の士よ、ちょっと胸がずきりとしませんか？　そうでしょう？　それではおそらく、恥ということでいいのでしょう。あるいはそれに類した、名誉に関わり笑われることを恐れる感情のひとつ。なんにせよ、その感情はもうわたしから離れなくなってしまったようです。自分の記憶の中心に、とある過去の出来事を見つけてしまって以来。脱線に脱線を重ね、頭をひねって作り話まで混ぜてきましたが――それにも意味があったと思ってくださるでしょう――もうこれ以上は、その話題を先延ばしにできそうにありません。

おっと、雨が止みましたね！　家まで送っていただくことはできますか。不思議と疲れてしまったらしい。たくさんお話ししたからではなく、これから話すことを考えると、もうそれだけでね。さて。見出された我が重大なる過去を語るには、二言三言で十分。どうして贅言《ぜいげん》を費やす必要がありましょう？　幕の下の像に姿を現してもらうため、演説はさっさと切り上げなきゃいけません。話しましょう。背後に笑い声を聞いた気がしたあの晩から、さらに遡《さかのぼ》ること二、三年前、十一月の夜のことです。わたしは左岸にある自宅へ帰るのに、ポン・ロワイヤル[31]を渡ろうとしていました。深夜の一時で、小雨が降っていました。霧雨に近い天気でしたが、まばらにいた人も家路を急いでいました。わたしは女のところから帰る途中で、その女もきっともう眠りについていたでしょう。歩きながら、幸福な気分でした。肉体も鎮まり、少しだけ気だるさを覚えながら、柔らかに降る小雨のように穏やかな血の流れを感じていました。橋の上に、人影がひとつ見えました。どうやら手すりにもたれかかり、下の川面を眺めているようでした。その後ろを通る際、近くから見ると、黒い服に身を包むほっそりとした若い女性であることがわかりました。暗い色の髪とコートの襟との間に、しっとりと濡れたみずみずしいうなじがちらりと見え、わたしは疼《うず》くものを感じました。気を引かれはしたものの、立ち止まらずに通り過ぎました。そのまま橋を渡り切り、河岸通りに出て、自宅のあったサン＝ミッシェルの方へ歩み出しました。五十メートルほど行ったところで、わたしは音を聞きました。もうだいぶ離れていたはずなのに、夜の静寂《しじま》の中で恐ろしく耳に響きました。誰かが水に落ちた音でした。わたしはぴたりと足を止め——しかし振り向きはしませんでした。ほぼ同時に、叫び声が聞こえました。その声は何度も聞こえながら、川の流れる方向へと遠ざかっていき、ぷっつりと断ち切れました。続く沈黙は、突如として凝固した宵闇とともにすべてを包んでしまったかのようでした。駆けつけたいという思いはありました、でも足が動きませんでした。寒さと動揺で、おそらく震えてもいたのだと思います。急げ、早くしろ、そう自分に訴えながら、その一方で抗いがたい無力感が全身を侵していくのがわかりました。その時わたしの頭に浮かんだことは——はて、もう覚えてはおりません。「もう遅すぎる、もう間に合わない……」とか、そういう類のことだったのではないでしょうか

31　既出のポン・デ・ザールと同じく、セーヌ川に架かる橋のひとつ。

ないでしょうか。わたしはしばらく立ちすくんだまま、耳をすましていました。それからついに小股で踏み出し、雨の中、その場を離れたのでした。誰か人を呼ぶということさえせずに。

ああ、もう着きましたね。ここがわたしの家、わたしのシェルターです。明日ですか？ ええ、お望みのままに。喜んでマルケン島[32]へとご案内します。ゾイデル海をご覧いただけますよ。十一時に「メキシコ・シティ」で待ち合わせましょう。なんですか？ その女？ いやそれは知りません、本当に知らないんです。翌日も、その後も、新聞を読まなかったので。

☆

おもちゃのような村、そう思われませんか？ 見栄えに趣向が凝らされていますよね。しかしあなたをこの島にお連れしたのは、見てくれの特色に触れてもらうためではないのです。変わった被り物とか、木靴とか、彩色のきれいな家だとか、その中でニスの匂いに包まれながら上等な煙草をくゆらす漁師たちだとかをご覧に入れるだけなら、誰にだってできます。わたしはそうではなく、ここで本当に重要なものをあなたにお見せできる数少ない人間の一人です。

堤防まで来ました。これに沿っていって、あのあまりにも素敵な家並からは可能な限り離れるとしましょう。この辺で座りましょうか、どうぞ。さあいかがですか。これぞまさしく負の風景、その中でも最も美しいものと言えましょう！　ご覧ください、左手には灰の積もったような砂丘、右手には灰色の堤防、足元には鉛色の砂浜、そして正面には、洗剤を薄めたような色の海、その水の青白さが映り込んだ広大なる空。まったく、しなびた地獄のような風景！　ただ水平線のみ、光はなく、無色なる空間、生命も死に絶えている。全面的な漂白、目に痛いほどの虚無ではありませんか？　人がいない、そう何よりも人間がいない！　ついに空っぽとなったこの星で、いるのはわたしとあなただけ！　空は生きている？　ええ、そうですね。分厚くなり、口を開け、天空の階段を見せたかと思うと、雲の扉を閉ざす。その正体は、鳩の群れです。オランダの空が何百万もの鳩で覆われているのをご存じない？　とても高くにいるの

32　マルケル湖（かつてのゾイデル海の一部）の中にある島。

で見えはしませんが、ばたばたと羽ばたきながら、一様の動きで上昇し降下し、風に運ばれ押し戻されしつつ、その灰色の羽の群れが形作る分厚い波で天空を覆っているのです。鳩たちは上から様子を窺っています、一年中窺っています。飛び回りつつ地上を見つめ、降り立ちたいと思っているのです。ところが下には何もない。あるのはただ海と、川と、屋根を埋め尽くす看板だけ。羽を休められるようなずたかい場所は存在しません。

わたしはきちんと意味のわかることを言えていますか？　実のところ、わたしはもう疲れてしまったのです。自分で話していることの筋がわからなくなってしまう。友人たちが皆笑顔で褒め称えてくれたあの明晰さは、もう失われてしまった。友人と言いましたが、それも便宜的にそう呼んでいるだけです。わたしにはもう友人などおりません、いるのは共犯者だけです。その代わり数は増えました、人類全体ですから。そして人類の中でも、あなたは筆頭ですよ。今そこにいる人、それが常に筆頭の共犯者となるのです。わたしがどのようにして友人がいないことに気づいたか？　単純です、自殺を図ってみようと思い立った日に気づいたのです。たわいもない悪戯《いたずら》ですよ、言うなれば、皆に罪の意識を植えつけてやろうと思いましてね。だが誰が罪を感じるものか？　驚いてくれる人はいるだろう、しかしそれを自分の罪と思う人はいまい。そう気づいて、自分に友人はいないのだと悟りました。それにたとえ友人がいたところで、結局わたしに得はない。もし自殺後に彼らの顔を眺めてやることができるなら――そうですね、それならやってみる価値もあるでしょうけどね。でもあなた、実際には土の中は真っ暗だし、棺の板は分厚いし、屍衣《しい》で全身くるまれるし。霊魂の目、その期待はできる。もしも霊魂が存在し、それに目がついているなら！　とはいえ確信は持てないでしょう、決して確信は持てない。確信が持てれば一丁思い切ってやってみるかという気にもなり、いよいよ自分のことを本当に真剣に捉えてもらう機会になるんですがね。あなたが死んでみせでもしない限り、他人はあなたの考えや、心からの思いや、痛みの深さなどに納得してくれません。あなたが生きている限り、あなたという事例はまだ曖昧さの残る不確定事項であり、人々の懐疑趣味を乗り越えることなどできないのです。だから、もし死後の光景を眺められるという確証さえあればなあ――皆が真に受けてくれなかったものを立証し、驚かせてやる甲斐もあるというものなんですが。でもあなたが自殺して皆が何かを真に受けてくれようとくれまいとなんにもなりません。あなたは彼らの動揺や後悔に――どのみち瞬時に過ぎ去るものでしかないが——立ち会うことはかなわないのだし、つまりは万人が夢見ることであれ、自分自身の葬儀に参列することなどできやしない。不確定な存在であることをやめたいと思うなら、きっぱりと存在すること自体をやめてしまうしかありません。完全にきっぱりとね。

それに、その方がまだましかもしれませんよ？　かえって人の無関心を思い知ることになりかねませんから。「苦しませてやるからね！」と父親に言い捨てた娘の話がありますす。彼女は父親の反対により、気障《きざ》ったらしい伊達男との結婚がかなわなくなってしまったんですね。それで自殺してしまいました。しかし父親が何を苦しんだものか。彼はルアー釣りをこよなく愛していました。三週間後の日曜日にはもう川に戻っていきました。忘れるため、という名目でね。その効果はてきめんで、ほどなく彼はすっかり忘れ去ってしまいました。実際の話、そうならない方がおかしい。自分が死ぬことで妻に罰をくれてやれると信じる人もいますが、それは妻に自由を与えるだけです。そんな顛末はわざわざ見ない方がいい。あまつさえ、自分の自殺の理由を皆があれこれ決めつけるところに耳を傾けねばならないとしたら！　わたしだったら何を言われるか、今からもう聞こえてくるようです。「あいつは何々の苦しみに耐えられず自殺したんだ」とかなんとか。ああ！　ねえあなた、人間の発想とは貧困なものですよ。人はひとつの理由から自殺すると思っているのです。ふたつの理由から自殺することも十分ありうるというのに。でもだめなんだな、それを頭に入れておいてもらうことなどできやしない。ならば、自分のことをわかってほしいという願いに殉じて自ら死を選ぶ行為に、いったいなんの意味があるでしょうか。あなたが死んでも、皆それに乗じてあれこれ馬鹿げたあるいは下卑《げび》た動機をでっち上げるだけです。理想に殉ずる自殺者はね、あなた、忘却されるか、嘲笑されるか、利用されるか、そのどれかです。理解されることなど決してない。

いっそもっと単刀直入に言わせてください。わたしは生きているのが好きなのです。この偏愛だけは如何《いかん》ともしがたい。自分の生があまりにも好きであるがゆえに、それ以外のことに関する想像力など持ち合わせていないのです。こういう執着はどことなく平民的ですね、そう思いませんか？　貴族だったら、自分自身にも自分の生命にもそれなりの距離を置いて考えそうなものです。必要とあらば死を選び、信を曲げるよりは命を絶つ方を選ぶでしょう。一方わたくしは曲げます、それでも変わらず自分を愛することができるからです。ねえ、あなたにお話しした例の時期の後、わたしがどうなったとお考えになりますか？　自己嫌悪に陥った？　いやまさか、わたしを嫌悪したとすれば他人だけですよ。確かにわたしは自分の失敗を思い知りましたし、それを悔やみもした。それでも再び頭から追い払ってしまうことにしました、我ながら褒めてやりたい懸命さでね。だからわたしに起きたことはむしろ逆です――心の中で絶えず、他人を裁判にかけるようになったのです。そうでしょうね、おそらく、あまりお気に召さない？　筋が通らないと思っていらっしゃる？　しかし大切なのは筋を通すことなどではないのです。大切なのは、うまくすり抜けるということ、端的には――そう、まさしく！　自分が裁かれないということなのです。罰を受けないようにする、という意味ではありません。裁きのないただの懲罰など、いくらでも耐えられる。それにただの懲罰なら、無実である余地は残る――「災難」と呼びうる場合ですね。違う、違う、本当に重要なのは、裁きを受けないようにするということ、他者による裁定を免れるということ、誰かに自分の判決文を読み上げさせないということなのです。

とはいっても、そう簡単に逃れられるものでもありません。今日び、我々はいつでも誰かを裁いてやろうと手ぐすね引いている。これほど始終機を窺うのは、他に姦通くらいのものじゃないでしょうか。しかも姦通と違って不具合だの衰えだのを恐れる必要がない。もしお疑いになるなら、八月に我らが心優しき同郷人が暇つぶしに集まる避暑地のホテルにでも行って、彼らの茶飲み話に耳を傾けてごらんなさい。それでもまだ合点がいかないようなら、当世の偉人たちが書いたものをお読みになってごらんなさい。またあるいは、あなたのご家族を観察されてみるのでもいい。目から鱗が落ちますよ。いいですかあなた、くれぐれも人に裁く口実を与えないように! たとえどれほど些細なものであったとしてもです。でないと、八つ裂きにされてしまいますよ。我々は猛獣使いのそれに似た慎重さを求められているのです。もしも運悪く、かみそり傷でもこしらえて檻の中に入ろうものなら、獣にむさぼり食ってくださいと言っているようなもの! わたしはそう気づいたのです、もしかしたら自分はそれほど見上げた人間ではないのかもしれないという疑念が生まれた日に。そうして、警戒心がわたしに宿りました。わたしには傷があり、少し出血している、このままではおびきよせてしまう、丸々食い荒らされてしまう——と。

それまで時を共にしてきた人たちとの関係は、表面上は同じままでしたが、どこか少しずつ狂いが生じるようになりました。友人たちが変わったのではありません。彼らの方は今までどおり、わたしといると調和と安心を覚えると言ってしきりに褒めそやしてくれました。しかしわたしの方では、ただただ不協和音と混乱に少しずつ満たされていくのを感じ取っていました。もはやわたしは傷つきやすく、公の非難にさらされているかのようでした。近しいと思っていた人たちも、もうかつてのように敬意を払ってわたしの話を聞いてくれていないように見えました。わたしを中心としていた円が壊れ、彼らはわたしの前に一列に並び出し、法廷を開こうとしている。自らの内に裁かれうるものがあるという恐怖を抱いたその時になって、彼らの内にある裁きへの抗いがたい衝動に気づきました。そう、彼らは確かに以前と変わらず近くにいる、しかし今では笑って見える。むしろ彼らの一人一人と会うたびに、笑いをこらえた顔で見られているような気がしました。さらに同じ頃、皆がわたしに足をひっかけて転ばせようとしているような印象にもとらわれました。二、三度は実際に、街中で建物に入る際、何もないのにつまずいてしまったほどです。一度などは倒れ込んでしまいましたよ。デカルト的近代合理主義者のフランス人たるわたくしはすぐに立ち直り、こうした事故の原因を理性が認めうる唯一の神的配剤、つまりは偶然に帰すことにしました。しかしそれと関係なく、猜疑心は残ったのです。

一度警戒するようになると、敵の存在を発見していくのは容易なことでした。まず仕事で関わった人の中から、次いで社交においてという順番でした。それまで親切にしてやった人もいました。もっと親切にしておくべきだった人もいました。こういうのは世の常というものであり、さして悲しくも思いません。反対に、ほとんど知らない、あるいはまったく知らない人たちの中に敵の存在を認めるのは、もっと辛く苦しいことでした。それまでのわたしは無邪気にも——あなたも一度ならずお認めになったはずのこの無邪気さで——信じていたのです、見知らぬ人はおしなべて、ひとたび顔を合わせさえすればわたしのことを好きにならざるをえないものなのだと。ところがどっこい！ わたしのことを直接には何も知らない人たち、わたしの方では一切知らない人たちと会って、どれほど多くの敵意に触れたことか。きっとわたしが満ち足りた生活を送り、気の向くまま幸福に身を委ねていると勘ぐられたのでしょう。それは許されないことなんです。成功者の雰囲気というのは、見せ方によっては愚劣な者を逆上させてしまう。他方、わたしの日々ははちきれんばかりに忙しかったため、時間がなく多くの誘いを断っていました。そして同じ理由により、断ったことさえも忘れていきました。ところが人がわたしを誘うのは彼らが忙しくないからなのであり、やはり同じ理由によって、わたしに断られたことを忘れてくれないわけです。あくまで一例ではありますが、そんなふうにして、女というのは結果的に高くつきました。女性たちに割く時間を男には費やさないとなると、なかなか大目に見てはもらえないものなんですね。だからといってどうしたら？　幸福や成功というのは気前よく分かち合わない限り許容してもらえない。しかし幸福であるためには、人にかかずらいすぎるべきではない。つまり活路はないわけですね。幸福な者として裁きを受けるか、惨めな者として赦《ゆる》しを受けるか。わたしの場合はいっそう過当な責め苦に遭いました。過去の幸福の分まで遡及して制裁を受けたのです。それまで長い間、わたしはまったき和合という幻想の中で生きていました。ところが、おめでたい笑顔を浮かべるわたしに、実際には至るところから糾弾と中傷と嘲笑が放たれていた。そして警戒心が宿った日、ついにそれを察知する目が見開かれ、わたしはこれまでの分も全部まとめてめった刺しにされた。そしていっぺんに力を失いました。その時、世界中の人間たちがわたしの周りで笑い始めたのです。どうですか、こんなことに我慢できる人間などいるわけがない（世を捨てた仙人ならいざ知らず）。取りうる防御策はただひとつ、自分も敵意を持つことだけです。

人々はそのようにして、自分自身が裁かれないように必死になって他の誰かを裁く。やむをえないのでは？　人間が最も自然に抱く考え、人の本質に根づいているかのように無邪気に湧いてくる考え、それはつまり、自分だけは悪じゃないという考えです。この点において我々は皆、例のブーヘンヴァルト[33]に送られた哀れなフランス人と同じです。その男は到着した時、応対した記録員――彼もまた囚人でした――に向かって執拗な異議申し立てをしました。納得いかないのか？　記録員とその同僚は笑いました。「無駄だよ、あんた。ここで文句を言っても仕方ないんだ」――「でもわかってください」哀れなフランス人は言いました。「私だけは違うんです。私は悪人じゃない！」

わたしたちだって皆、自分だけは違うと言いたい。何かに助けを求めたい！　誰だって自分は悪じゃないとわからせたい、なんとしても。たとえそのために全人類と天を告発することになったとしても。仮にあなたが誰かの知性や人柄を褒めるとしましょう。しかしそこで努力のたまものですねと言ったのでは、喜びも半減です。一方、

33　ナチス・ドイツによる強制収容所のひとつ。

もしその人柄を生まれつきのものとして称賛したなら、もっと嬉しがってもらえるはず。反対に、もしもあなたが犯罪者に向かって、君の過ちは生来の性質や特徴によるものじゃない、不幸な条件が重なってのものなんだと言ってやったとしたら、激烈に感謝されるはず。法廷での弁護だったら涙を浮かべるに相応《ふさわ》しい場面ですね。別に立派だったり賢かったりが生まれながらのものだったところで、それで取り柄が倍増するわけではありません。同じように、犯罪者の罪深さが生まれつきだろうと一過性だろうと、責任があることに無論変わりはありません。それでもあのごろつきどもは、恩赦に期待し、つまり責任逃れのために、生まれた時からこうだったわけじゃないとか、状況がそうさせたんだとか、厚かましくも矛盾も恐れず抗弁し出すわけです。彼らにとって重要なのは、自分たちが悪ではないということ、生まれながらの善性は疑いようもなく、過ちは一時の不幸から生じた仮初《かりそ》めのものでしかないと思ってもらうこと。申したとおり、自分という人間が裁かれることだけはなんとしても逃れなければならないのですから。とはいえ人から裁かれずに生きるというのは難しく、持って生まれた長所は評価してもらい、短所は容赦してもらうなんて、手軽にできることじゃない。だから人は皆、金持ちになろうとするのです。どうしてか？　不思議に思われますか？　力を持つためです、当然。とかく富というのは、裁こうと迫る人間たちから逃れさせてくれる。あなたを地下鉄の群衆からすくい上げ、ぴかぴかの車体にかくまったり、警備つきの広大な庭やら豪奢な個室寝台車なり船室なりに隔離してくれる。富というやつは、あなた、確かに無罪の認定にはならないけれど、猶予だけは与えてくれます。だから持っておくに越したことはないってね……。

あなたの友人が、なんでも正直に指摘してくれと言ってくることがあるかもしれません。そんな言葉は決して真に受けてはいけない。彼らは自分自身に抱いている安心を乱してほしいだなんて、本当はこれっぽっちも望んでいません。ただあなたが正直でいると約束してくれさえすれば、今以上の安堵が得られるというだけです。どうして正直さが友情の条件になるものですか。何がなんでも真実を求めようとする情熱は、何も許さず何にも逆らわせないただの悪徳であり、時として自己満足、あるいはエゴイズムでしかありません。だからもしあなたがそのような場面にあったなら、ためらうことはない。正直でいることを約束し、できるだけうまく嘘をつくのです。彼らの心の奥底の欲求にも応えてやり、あなたの友情を二重に示してやるのです。

同じ心理から、我々は自分より優れた人にはめったに打ち明け話をしません。むしろ付き合いを避けるものです。たいていの場合は逆で、自分の同類、かつ似たような欠点を持った人にあれこれ白状するでしょう。だから我々は、自分を矯正したり改善されたりすることなんて望んでなんかいやしない。そのためにはどうしても、自分は直すべき欠陥を抱えた人間なのだという裁きを受けねばならないのですから。わたしたちが求めているのは、ただ同情されたり、そのままの道を進むよう励ましてもらったりすることだけ。要するに我々は、罪深き者であることも自浄の努力を負うことも望んでいない。世に背く意志も徳を目指す意欲もない。わたしたちは悪へのエネルギーも善へのそれも持ち合わせていないのです。あなたはダンテをご存じで？　本当に？　そりゃすごい。ではダンテが神とサタンの抗争において、中立の天使たちの存在を認めていることもご承知でいらっしゃる。ダンテがその天使たちを置いたのはリンボ、つまり地獄の玄関口と言える場所でした[34]。我々がいるのもまたそのような玄関口だということです、ねえあなた、そう思われませんか。

　しばしの我慢？　そうですね、おそらく。我々はしばし我慢して、最後の審判を待たねばならない[35]。でもねほら、我々も急いでいるんです。急ぐあまりわたしは自ら、告解者にして裁判官とならざるをえなかった。ただその前に、まずわたしは発見した記憶と折り合いをつけ、周囲の者たちの笑いに対処する必要がありました。あの晩、わたしを呼ぶ声を聞いたからには――そう、あの声はわたしを呼んでいたに違いないのだから――それに答える、あるいは少なくとも答えを探すべきでした。簡単なことではありませんでしたし、長い間思い惑いました。あのいつまでも続く笑い声と、笑う者たちの存在によって、わたしはまず自分自身を見つめ直すことを覚え、そしてようやく、わたしという人間はどうやらあまり単純ではないと気づくに至りました。笑わないでくださいよ、この真理は見かけほど自明のものではないのです。人が自明の真理と呼んでいるものは、おしなべて多くの模索の後に判明した事実なんですから。ともかくわたしは長い自己省察の結果として、人間というのは根深い二面性を持つものなのだと悟りました。記憶を探った末にわかったのです――わたしは目立ちたいがために控え目にし、打ち負かしたいがために謙遜し、服従させたくて善行に努めて

34 ダンテの『神曲』において、中立の天使たちは地獄の門に置かれている。ただしリンボ（辺獄）はこれと異なり、その先の地獄の第一層にあたる。

35 カトリックの教えにおいて、リンボは最後の審判の日まで天国に行くことを留保された者たちが置かれる場所とされる。

おりました。平和的手段によって戦争を展開し、さらに無欲という方策で欲するものを手にしていました。たとえば、わたしは自分の誕生日を忘れられても絶対に不満を申し立てなかった。この慎み深さには皆が驚き、いくらかの称賛さえ受けたほどです。しかしわたしの無欲には、いっそう堅い沈黙で守られた理由がありました。誕生日を忘れられることで、自分への哀れみに浸りたいという欲望があったのです。強く意識せざるをえない特別輝かしいその日の何日も前から、わたしはよく気を配り、覚えていないと期待しうる人たちの注意と記憶を喚起しないよう万事に用心しました（一度など、人の家のカレンダーに細工をしようとまで考えなかったか）。そうして自分の孤独が実現したなら、男らしい苦き陶酔に思う存分浸ることができたのです。

わたくしのあらゆる美徳はこのように、人には隠した裏の面を持っていました。反対に、表立った欠点が転じて長所と見られた場合もあります。生活の後ろ暗い面を隠すためにどうしても冷たい素振りを見せねばならぬ時など、人はそれを慎ましさの表れと混同しました。無関心さゆえに愛情を引き寄せることになったり、わがままが極まって高潔ととられたりもしました。ここらにしておくべきですね、過剰な二項対立は論証を狂わせるというものです。それにしてもああ、わたしは厳格にしていながらも、酒と女の誘惑には一切逆らえなかった！　活発で精力的と見られながらも、その本領が発揮されるのはベッドの上だった。誠実さを売りにしながらも、わたしが愛して結局裏切らなかった人はおそらくただの一人もいない。当然こういう裏切りが、わたしの実直さに影を落とすこともない。わたしは面倒くさがりであるがゆえに仕事をばりばりと片付け、自分が快感を得られるからこそたゆまず隣人を助けた。しかしこうした実例をいくら思い起こしていっても空しいだけで、そこから慰めなどほとんど得られませんでした。朝方に、自分の審理を開いて徹底的に突き詰めたこともあります。導き出された結論は、わたしはとりわけ人を見下すことにかけて卓越しているということでした。わたしが最も頻繁に助けてやった人間は、わたしが最も見下している者たちでした。言わばわたしは、丁重に折目正しく、情熱たぎる連帯の精神を示しながら、日々盲人たちの顔面に唾を吐きかけていた。

正直、これについて弁解などありえましょうか。ひとつだけあるにはあるのですが、あまりに惨めな言い分ですから功を奏すとは思っていません。それでもとにかく表明してみましょう。わたしには、人間らに起きる事柄を重大なものとして深刻に捉えることがどうしてもできなかったのです。どこに重大さがあるのかちっともわからなかった。少なくともわたしが見渡す範囲にはなかった。すべては遊戯で、楽しいか面倒かの違いがあるだけとしか思えなかった。真剣な努力や確固たる信念というものがあることは知っているが、理解はできなかった。金が原因で死ぬだとか、「立場」を失って絶望するだとか、家族の幸福のために大仰《おおぎょう》にも我が身を捨てるだとか、そういう奇特な連中をいつも驚きの目で見ていた。あるいは少し疑ってもいた。友人で禁煙を決意したのがいましてね、わたしにはその顚末の方がよほど腑に落ちました。彼は強い意志で見事に煙草を断ったのですが、ある日の朝、新聞を開き、初の水爆実験を報ずる記事を読んで、その途轍もない威力について知ると、足早に煙草屋へと入っていきましたよ。

わたしだって、人生を真面目にとるふりをしたことはあります。でもほどなく、真面目さそれ自体に軽薄さを感じてしまい、それからは自分の役をできる限り上手に演じることに徹しただけでした。場面に応じて有能に、知的に、気高く、市民意識を示し、憤慨し、鷹揚に、協力的に、模範的に……。この辺にしておきましょう、要するに、もうご理解の上とは思いますが、わたしはオランダ人たちと同じで、そこにいると同時にいなかったのです。わたしはその場で最大の存在感を示しながらも、不在だったのです。わたくしが本当の意味で心を捧げ熱中したのは、ただスポーツをしている時と、軍隊という劇団で生き生き演じる皆と一緒にお芝居をしていた時だけ。このふたつには、ゲームの規則というものがあります。深刻さとは無縁に、それにそのまま則《のっと》って楽しめばいい。今でもまだ、はちきれんばかりの日曜日のスタジアムや、比類なき情熱をもって愛した劇場というのは、わたしが無邪気な自分を感じることのできるこの世で他にない場所です。

しかし、愛や、死や、貧困層の賃金がいざ問題となったら、誰がこのような態度を容認してくれるでしょう？　とはいえどうしろと？　わたしにはイゾルデ[36]のような恋愛は小説か舞台上のものとしてしか想像できなかった。時には死に際の人間さえ、ただ自分の役柄を熱心に演じているようにしか見えなかった。我が貧しき顧客たちの台詞も、いつでも同じシナリオに合わせてあるように思えた。だから利害を共有していない人間たちが相手となると、わたしは自分で結んだ約束を自分で信じることができませんでした。わたしは礼節を重んじ、かつ無関心でもあったので、職務や家族や市

36　中世の恋愛物語『トリスタンとイゾルデ』のヒロイン。

民生活の中で期待されることには淡々と応えていました。が、いつでもちょっとした気の緩みが生じ、それがすべてを台無しにしてしまうこともありました。生活の何もかもが二重の顔を持ち、わたしが極めて厳重に果たした行為はしばしば心の底からどうでもいいと思いながらやったことでした。結局のところそれこそが、過去のしくじりに加えて、わたしが自分で許しえないものだったのではないでしょうか。またそれゆえに、わたしは自分の内側でも周囲でも裁きが進行しているのを感じ取り、全力で暴れて抵抗して、活路を見出そうとしたのではないでしょうか。

しばらくの間、少なくとも表面上、わたしの生活はなんの変化もなかったかのように続いていき、今までと変わらぬレールを走り続けていました。あたかも仕組まれているかのように、わたしへの称賛の声はいっそう高まっていきました。まぎれもなくそれが災いの兆候でした。「すべての者が褒め称える時、汝は不幸なり」[37]――ああ！これこそ金言！我は不幸なり！それから機構に変調が起こり、わけのわからない故障が始まったのです。

わたしの日々に死の想念が突如として乱入してきたのはその時でした。わたしは自分が終わるまでに残された年数を数えるようになりました。わたしと同じ年齢で死んでいった人たちの例を思うようにもなりました。そしてわたしは、もう己の使命を果たすための時間は残っていないんじゃないかと思い悩みました。使命？　わたしに使命などあったか？　正味な話、わたしがしてきたことにわざわざ続けるだけの価値があったでしょうか？　しかしそういうことが問題だったのではありません。滑稽な不安がわたしにつきまとっていました、つまり——自分の嘘を洗いざらい告白することなく死ぬことはできない。神に対してではありません、神の代理の誰かにでもありません。わかるでしょう、わたしはもうそういうものは乗り越えているので。そうではなくて、わたしは人間に向かって告白する必要がありました。たとえば友人に、あるいは、好きだった女に。さもなくば、もしも人生に隠された嘘がひとつでも残ってしまったなら、死がそれを動かせないものとしてしまう。誰も二度とそれについて真実を知ることはできなくなってしまう。それを知る唯一の者が死に、秘密を抱いたまま永遠の眠りについてしまったら。そうしてひとつの真実が決定的に葬り去られてしまうことを考えると、眩暈《めまい》がしました。ちなみに今だったら、むしろえも言われぬ快感

37　新約聖書「ルカによる福音書」第六章二十六節におけるイエスの言葉。

を覚えてしまうでしょうがね。たとえば皆が探し求めている物の在処《ありか》をわたしだけが知っている、三か国の警察が駆けずり回って見つからなかった物が実はわたしの家にある、そう考えると純粋にうっとりしてしまう。まあ、その話はいいんです。とにかく当時はどうしたらよいのかわからず、苛まれていたのです。

不安を振り払おうとはしました、当然ながら。一人の人間の嘘など、世代から世代へと移りゆく歴史の中でいかほど重大なものか。たかだかちっぽけなペテン師一人、真実の光輝で照らし出そうなどとはなんという思い上がりか！　海に落ちた一粒の塩のように、所詮は年月の大洋に溶け去ってしまうものでしかないというのに。わたしは自分にこうも言い聞かせました。肉体の死というのは、今までに立ち会ってきた数々の実例から判断すれば、それ自体が十分な制裁であり、それだけですべてが赦《ゆる》されるに値するはずだと。今際《いまわ》の苦痛と引き換えに、救済を（すなわち決定的に消滅する権利を）勝ち取れるはずじゃないかと。けれども甲斐なく、不安は大きくなるばかり。死の恐怖はわたしの枕元をぴったり離れず、朝目覚めた瞬間からわたしにつきまといました。同時に、自分に向けられ続ける褒め言葉がどんどんと耐え難いものになっていきました。称賛に比例して自分の嘘まで増幅し膨れ上がっていくかのようで、もはや取り返しがつかなくなろうとしているのを感じました。

そしてついに、決壊の日がやってきました。わたしが最初に見せた動きは常軌を逸したものでした。わたしは嘘つきなのだから、いっそそれをさらしてしまって、わたしの二面性をこの阿呆ども全員の面に突きつけてやればいい——こいつらから暴かれる前に。腹の底を見せるのがお望みなら、喜んでぶちまけてやる。つまりわたしが思い描いたのは、笑い声をかき消すために満場一致の嘲笑の渦に飛び込んでいくようなことでした。そうすれば裁きからは逃れられるのだと思ったのです。わたしは笑う者たちを自分から笑わせたかった、あるいは最低でも、笑う者たちと一緒に笑いたかった。一案として、通りで盲人を突き飛ばしてやることを考えました。すると思いがけない密かな喜びが噴出して、自分がどれほど盲人たちを心の隅で馬鹿にしていたのかがよくわかりました。また、身体障害者の車椅子のタイヤに穴をあけてパンクさせてやるとか、足場の上でせっせと働く職人たちに向かって「汚い貧乏人めが」と叫ぶとか、電車の中で乳飲み児をひっぱたいてやるとかを企ててみました。こういうことは夢想しただけで、実行に移してはいません。あるいは何か近いことをしたとしても、もう忘れてしまいました。それでも動かしようのない事実として、正義という言葉だけで脈絡もなく腸《はらわた》が煮えくり返ったのを覚えています。無論、法廷では弁論の中で口にしなければならないこともありますね。しかしその八つ当たりをするかのように、公の場でも堂々と人道的精神をこきおろしてやりました。虐げられている者たちがその実まっとうな人々を虐げていると告発するべく、声明書を出してやろうと触れ回ったりもしました。ある日レストランのテラス席でロブスターを賞味していた時など、物乞いがしつこくしてきたものですから、わたしは店の責任者を呼んで追い払わせました。この責任者が「いいか、邪魔をするな、こちらの方々の身にもなって考えてみろ」と告げた時、わたしはその英雄の言葉に拍手を打ち鳴らしました。また興味を示す者には、とあるロシアの領主の話をしてやりました。あの性格は素晴らしく、当世ああいうふうに振る舞えないのはまことに遺憾であると。つまりその領主は、自分に挨拶をする農夫もしない農夫も、等しく不遜であるとして鞭打ちに処したんですよ。

ただ、もっと重大な乱行に至ったことも覚えています。「警察に捧げる讃歌《オード》」とか「ギロチン礼賛」なるものを書き出したり。さらには自らに課した日々の務めとして、人権と自由思想で飯を食っている連中が御用達とするカフェに通いました。それまでの好ましい評判から、わたしは当然歓迎されました。そして会話の中でさりげなく、あるまじき言葉を漏らしてみました――「神様に感謝！」とか、あるいは単に「おお神よ……」とか。ご存じでしょう、酒場にいる無神論者なんて、聖体拝領におびえる子供たちと同じです。[38] わたしの発した恐るべき言葉に仰天し、唖然とし、顔を見合わせ、それから大騒ぎとなり、ある者はカフェの外へと遁走し、残った者たちは憤慨のあまり聞く耳も持たずぎゃあぎゃあ喚《わめ》き出す始末。聖水を浴びた悪魔みたいに身をよじり、わなないていたものですよ。

こうしたことは子供じみているとお考えでしょう。しかしそんな悪ふざけにも、ちゃんと真剣な動機はあったんです。わたしは、ゲームをかき乱してやりたかった。そして何より、そう、あの考えただけで我慢のならない、張りぼての評判をぶち壊してやりたかった。「あなたのようなお方は……」皆がわたしに笑顔でそう言い、わたしはその度に青ざめました。わたしはもうそんな賛辞は欲しくなかった。どうせ満場一致のものではないのだから――そもそも当のわたしが賛成できないというのに、ど

38　聖体拝領は、パンとぶどう酒をキリストの血肉に見立てて口にする儀式。それにおびえるのと同様の臆病さで、当世の無神論者は「神」という言葉を耳にするのも恐れているという揶揄《やゆ》。

うして満場一致になるものか？　それなら裁きの声も賛美の声もすべてまとめて、上からピエロのマントを覆い被せてやりたかった。わたしはなんとしてでも、自分が押し潰されていく感覚から逃れたかった。いかなる時にも見せびらかしていた立派なマネキン人形を叩き割り、その腹の底にあるものを衆目にさらけ出してやりたかった。それで今思い出すのは、若き司法修習生たちの前で講話をすることになった際の話です。弁護士会会長直々の紹介の辞で想像を絶するほど褒めちぎられて虫唾《むしず》が走り、我慢し切れなくなったのです。最初のうちは、皆さんご期待の情熱と感動を注文どおりに盛り込み、つつがなく話し出しました。ところがわたしは突如、法廷弁護術の一環と称して、「作為的同類視」なるものを説き始めました。それは、泥棒が発生するのは盗まれる側にも問題があるとし、罪人と無辜《むこ》なる人を一緒くたに裁くという、現代的魔女裁判によって定着した連帯責任のことではない――とわたしは前置きしました。むしろ泥棒の擁護をすべく、無辜なる人の罪深さを、ここでは一弁護士のそれを前面に打ち出すという論法です。この話題にかこつけ、わたしは赤裸々に自分のことを明かしてやりました。

「嫉妬から殺人を犯すに至った、憐れみを誘う一市民の弁護を引き受けたとします。

わたしなら次のように訴えるでしょう――陪審員の皆様、どうかご考慮いただきたい。生来の善良さが性的もつれの意地悪い試練にかけられたとあらば、その逆上にも酌量の余地はあるまいか。反対に、柵のこちら側で弁護人席につきながら、一度たりとも善良であったためしがなく、騙される苦しみを知りもしない、このわたしの方がよほど問題ではなかろうか？　わたしは自由の身であり、あなた方からの制裁を免れている。しかし、そのわたしは実際いかなる人間か？　傲慢にかけては庶民にして太陽王のごとし、色欲の山羊、憤怒における暴君ファラオ、怠惰の帝王。わたしは誰も殺していないと？　確かに今のところはそうかもしれない！　だが救うべき人たちを救わず見殺しにしてしまったことは？　おそらく。そしてまたおそらく、わたしはこのままでは同じ過ちを犯してしまうだろう。対してこの被告は――どうかとくとご覧を――二度と同じ過ちに陥らないはずだ。己の罪過にこれほどまでに愕然としているこの人ならば」――この演説は、若き同業者たちを少しばかりぎょっとさせたようでした。一瞬の間があって、彼らはこれを笑うべき話だと判断しました。それから、人間個人とそれに推定される権利を引き合いに出して格調高く結論づけてやったら、彼らもすっかり安心したようです。この日はわたしの中で、それまでの習慣の方が勝ったということですね。

こうした楽しい軽微な逸脱を重ねることで、世論をわずかながらかき乱すことには成功しました。しかし世論に武装を解いてもらうには、そして何よりわたし自身の武装を解くには至りませんでした。聴衆たちが揃いも揃って見せた驚愕、居心地悪く気まずそうな、そうまさしく今あなたがちょうど見せているような顔――いいえ、否定なさらずに――それはちっともわたくしを安堵させてくれるものではありませんでした。つまるところ、罪の意識を漂白するには、その罪を自分で認めるだけでは不十分だったということです。それでいいならわたくしは今ごろ純粋無垢な子羊になれていたでしょうけれど。足りなかったのは、自分の罪を認めるにあたり、とある方法を通すことでした。その方法を確立させるには多大なる時間を要しましたし、身を丸ごと投げ出すような覚悟がなければ到達できなかったでしょう。それまではずっと、笑い声はわたしの周りでざわめき続けました。的外れな努力では、その好意的な響き、ほとんど愛情さえ思わせる響き、わたしを蝕《むしば》むその響きを、消し去ることはかなわないままでした。

おや、潮が満ちてきたみたいだ。もうすぐ船が出る時間ですね。日が沈もうとしている。見てください、鳩が上空に集まっていますよ。ひしめき合って固まったままほとんど動かない、そしてあたりはどんどん暗くなっていく。このなかなか不吉なひとときを、黙ってじっくり味わうことにしましょうか？　いやわたしの話の方に興味がある？　まったくあなたは親身な方だ。ここから先は、もう他人事《ひとごと》ではなくなってしまうかもしれませんよ。では告解者にして裁判官とは何かを説明するにあたり、淫蕩と「不弛緩室」のことをお話しせねばなりません。

☆

いえいえそんなことはありません。この船は快調に進んでいますよ、あなた。ただしゾイデル海というのは死んだ海、あるいはほとんどそのようなものでしてね。沿岸に凹凸がなく、しかも霧に包まれてしまうものだから、海がどこで始まりどこで終わるのかわからない。それで目印もないまま進むことになり、どのくらいの速さで走っているのか測れない。進めど進めど変化がない。航海ではなく夢の中のようですよね。ギリシャの海では、これと逆の印象を抱きました。新たな島が次々と、丸みを帯び

の路上でわたしの手を取ってくれますか？　はは、冗談ですよ。我々は皆、体裁にうです。東洋でもそういう国はある？　なるほど。しかしどうでしょう、あなたはパリ派な成熟した男たちが、友と指に指をからませながら、厳《おごそ》かに遊歩道を闊《かっ》歩《ぽ》するわけら通りを散歩するんですよ。ええ、女性たちは家に残りまして、口髭をたくわえた立な心が求められます。ご存じないですか、あちらでは友達同士が二人で手を繋ぎながし今わたしらのいるのがギリシャだったら、どうなると思います？　あそこでは純粋

ちなみにギリシャに行かれたことはおありですか？　ない？　それはそれは！　もい、ねえお願いだから。

く……。ああ！　わたしも漂い出してしまう、叙情に酔ってしまう！　止めてくださの方がわたしの心の海を漂うようになりました。わたしの記憶の縁《ふち》を、休むことなのに飛び跳ねていくかのような気持ちになったものです。あれ以来ずっと、ギリシャがら、小船で島をひとつまたひとつと横切っていくと、ゆっくりとしか進んでいないが目印となる。昼であれ夜であれ、新鮮で小気味よい波に乗り、泡と笑顔に包まれなにくっきりと切り立つ。ぼんやりしたところは何もない。澄み渡る光の中で、すべてた水平線上に姿を現すんです。木のない山の背が空との境界線を引き、岸の岩壁が海

るさいですからね。手垢を気にしてしゃちほこばってしまう。ギリシャの島々に赴くとなったら、念入りに手を洗っておかないといけませんね。あちらでは空気は清く、海と快楽も濁りない。一方わたしたちは……。

このデッキチェアに座るとしましょう。すごい霧だな！　確か、「不弛緩室」の話をしようとしていたんでしたっけ？　そうだった、それをご説明しましょう。もがき苦しみ、厚顔無恥な言動を絞り出し、その努力も実を結ばず打ちひしがれた後、わたしは人間社会から距離を置くことに決めました。いえいえ、無人島を求めたのではありません、そんなものはもう存在しませんよ。わたしはただ、女のところに逃げ込んだのです。ご存じのとおり女というのは本当に、いかなる弱さも咎《とが》めずにいてくれる。むしろ我々に強さを恥と思わせ、武器を捨てさせようとする。だから女は戦士にとっての恵みではなく、罪人にとってのそれなのです。罪人が流れ着く港であり、避難所であり、だから彼らはいつも女のベッドの上で捕まる。女というのは我々に残された最後の地上の楽園でしょうね？　難破したわたくしは、その生来の安息の港にすがりついたわけです。でも、もうお芝居はなし。少しくらいは習慣から演じるところもありましたが、創意は湧きませんでした。また品に欠けることを口にしてしまいそうで、こんな白状をするのはためらわれますが——当時のわたしは切迫した性愛の渇きを感じていたのです。下劣ですよね、いかがですか？　とにかくわたしは、なんとも言えぬ苦しさ、何かが失われぽっかりと隙間ができてしまったような感覚にとらわれて、半ばやむをえず、半ば好奇心から、いくらかの関係を持ってしまいました。愛することにも愛されることにも飢えていたために、自分が恋をしているのだと思い込みました。端的に言って獣のようでした。

驚いたことにわたしは、それまで経験豊富な男として避けてきた質問をしばしば口にするようになりました。「僕を愛してる？」と訊いてしまうのです。そうするとご承知のとおり、「あなたは？」と返ってくるのが習わしです。肯定《ウィ》の返事をしたならば、実際の感情が望む以上の結びつきを迫られてしまう。否定《ノン》の返事に踏み切ったならば、もう愛してもらえないおそれがあり、それは受け入れがたい。わたしは安息を求めているのであり、それが得られなくなるかもしれないと怯えれば怯えるほど、余計に相手に求めたくなる。結果、わたしは次々と言質《げんち》を取られた付き合いを積み重ねていくことになり、心にいっそう広い愛の受け皿を持つようになりました。その一環として、魅力はあるが知性はない一人の女性に軽々しい情熱を燃やしました。彼女は大変熱心なゴシップ誌の読み手であり、階級なき社会の到来を予告する知識人のごとき確信と信念を持って、性愛を語るわけです。強い信念というのは——あなたにもご経験があるでしょう——人を動かすものでしてね。わたしまでつられて性愛論に興ずるようになり、しまいには信条めいたものまで胸に抱くようになりました。とはいえ、それも彼女をものにするまでのこと。わたしはよくわかったのです、ゴシップ誌は性愛において人を雄弁にはするが有能にはしないのだと。オウムを愛でたら、次はヘビと寝たくなったのです。そういうわけで、書物が伝道するそれまで見たこともないような愛の形は、他で求めることにしたんですね。

けれどもわたしには熱意が欠けていた。三十年以上、愛せたのは自分だけだったのです。そんな習性をどうしたら捨てられると望めますか？　事実捨てられず、女への気概などまるで持てないままでした。わたしは口先だけの誓いを重ねました。かつて多くの関係を持った時と変わらず、同時に何人もの相手と付き合いました。しかも以前のまったく無関心だった頃と比べて、より多くの女性を不幸にしました。例のオウムちゃんも、元気をなくして何も食べずにいたら死にかけましてね、その話はもうしましたか？　幸いにしてすんでのところでわたしが現れ、仕方なく手を差し伸べてやり、こめかみに白いものが交じり始めたバリ島帰りのエンジニア（お気に入りの週刊誌に書いてあるようなロマンス）と出会えるまでは、手を切らないでおいてやりました。ともあれわたしは、伝え聞くような永遠の情熱に包まれて赦しを得るどころか、さらなる過ちを重ねつつ迷走を続けていったわけです。それで愛というものに恐怖さえ覚えるようになり、何年もの間、「バラ色の人生」と「イゾルデの愛の死」が耳に入るたび歯ぎしりしていたほどです。[39] それゆえある意味において女性を断念し、清純に生きようと思い立ちました。やはり友情だけで満足すべきだったのではないか。しかしそれは、ゲームを断念するということを意味していました。欲望を抜きにしてしまうと、女性たちはあらゆる予想を超えて退屈な存在でしたし、彼女たちもまた見るからにわたしに退屈していました。ゲームなし、お芝居なしで、わたしはおそらく真実というものの中にいたのかもしれない。でもねあなた、真実というのはあくびの出るものですよ。

愛にも清純にも期待できなくなったわたしは、いよいよ残されたのは淫蕩だけだと思い至りました。淫蕩はうまいことと愛の代わりとなりますし、笑い声を鎮め、沈黙を取り戻し、そして何より不死の気分を味わわせてくれる。真夜中に、頭の冴えを失わない程度に酔っ払い、ベッドの上で二人の娼婦に挟まれて、欲望のすべてを吐き出してしまうと、あなたもわかりますよね、ようやく希望は苦しみを伴うのをやめ、精神が時をあまねく支配し、生きる苦痛がきれいさっぱり消え去ってくれる。その意味では、かつてのわたしはずっと淫蕩の中で生きてきたようなもの、そしていつでも不死となることを願ってきた。それがわたしの本性であり、前にお話しした巨大な自己愛が行き着くものではなかろうかと思います。そう、わたしは死にたくなくて死にたくなくて死んでしまいそうだった。あまりに自分を愛しすぎて、この大切な愛しきものがいつか失われてしまうだなんて考えられなかった。しかしまともな頭で自分を多少なりとも冷静に見つめたなら、わざわざ好色な猿一匹に不死が与えられる道理など見当たりませんから、不死の代用品になるものを賄わなきゃいけない。しかるに、わたしは永遠の生を欲していたからこそ、売女たちと寝、夜通しで酒を飲んだというわけです。寝て起きればもちろん、口の中の苦味とともに死の宿命を思い出しますがね。

39 「バラ色の人生」はエディット・ピアフの代表的な恋歌。「イゾルデの愛の死」は、ワーグナーの楽劇『トリスタンとイゾルデ』（註36の同題作品を元にしている）における楽曲。

でもそれなりの長い時間、至福に羽ばたくことができた。さてあなたにこんなことまで打ち明けていいものか――わたしは今でも、みすぼらしいキャバレーの早変わりの踊り子[40]に会いに行った幾夜のことを懐かしく思い返します。光栄にも彼女の寵愛を賜るという恩恵に浴し、ある晩など彼女の名誉を守るために口さがないひも野郎と殴り合いまでしたものです。毎夜わたしはその恍惚の場所の赤い照明と埃の中、カウンターに座り気取った態度で、灰撒くような嘘を撒き散らし続けました。そして待ちに待った夜明けが来たら、我が姫の乱れっぱなしのベッドの上にくずおれる。彼女は当たり前のようにわたしとの快楽に身を委ね、済んだらたちまち眠り込む。薄明が優しくこの荒廃を照らし、わたしはその陶酔の朝日の中、身を動かさぬまま浮揚する。

思い切って言いますね、わたしに満足しうる慰めをもたらしてくれたのは、酒と女だけですよ。あなたにもその効用を教えてあげましょう、ね、だからあなたも臆さずふんだんにやってくださいね。そうすればあなたも、真の淫蕩とは我々を解放するものであるとおわかりになる。そこにはいかなる束縛もない。自分が配慮するのは自分のみ。だから淫蕩は、己を溺愛する者たちにうってつけの営為となるわけです。それは密林の出来事であり、未来もなく過去もなく、何よりいかなる誓いも立てずに済み、直ちに罰せられるようなこともない。それが起きる場所は、世界から隔絶する。人はそこに入る時、恐怖も希望も置いていく。会話を交わす必要はない。そこでならお求めのものは言葉がなくても得られる、さらには——ええ、珍しいことじゃない——金さえなくとも。ああ！　ねえお願いです、あの時わたしを助けてくれた、名前も知らぬ忘却の彼方の女性たちに、どうか格別の感謝の意を捧げさせてください！　今なお彼女たちのことを思うと、どこか崇敬の念に近いものが胸をよぎるのですから。

とにかく、わたしはその解放を存分に味わいました。もっぱらいかがわしい行為を用途とするホテルに泊まり込み、年増の娼婦と上流のお嬢様と三人で暮らしたこともあります。前者に対しては献身的な騎士を務め、後者に対しては現実というものを教え込んでやりました。残念なことに、娼婦の方はどうしようもなくブルジョワ的な俗物根性を持っていて、後になってその体験談を現代的精神満載の暴露雑誌に投書してしまいました。そしてお嬢様の方も、解き放たれた本能と類まれな天分にしかるべき発揮の場を与えるべく結婚してしまいました。一方わたくしはお世辞にも高名とは言

40　舞台上で瞬時に衣装を変える芸を見せる踊り子。

えない男性組合[41]に同志として受け入れられ、それをささやかならぬ誇りとしていました。まあ、この辺にしておくとしましょう。ただ非常に頭の良い人間でも、隣の人間より一本多く酒瓶を空けられることに自尊心を覚えるのは変わらないという話です。このような幸福な放蕩の中にいたことで、わたしもいよいよ安寧と救済を見出すことができるはずでした。しかしここでもまた、わたしは内なる障害にぶつかる羽目になりました。つまりもう肝臓がだめになってしまい、それによる手に負えない疲弊感は、今でもわたしから離れてくれません。不死の気分に舞い上がってみても、数週間ののちには明日までもつかどうかも怪しくなるという体《てい》たらくですよ。

　わたしは夜の栄華を断念したわけですが、その経験が後に残した収穫として唯一挙げられるのは、人生が以前ほど苦痛ではなくなったということです。わたしの肉体を蝕む疲労は、同時にわたしの中の生き生きとした部分を多く腐食しました。羽目を外すたびに生命力が削られていき、それによって苦痛を感じる力さえも消えていったのです。想像されているのとは逆に、淫蕩とはなんら熱狂を生むようなものではありません。ただの長い眠りなのです。ところで、このことはあなたもお気づきのはずです、嫉妬に苛《さいな》まれる男たちがすべてに優先してなそうとする行為は、自分を裏切ったと思《おぼ》しき女と寝ることですよね。もちろん、自分の宝物が手元から離れていないと確認し、安心したい。言わば所有状態を確かめたいわけです。しかしその一方で、ひとたび済んでしまえばたちまち、男の嫉妬心は弱まる。肉体を疼かせる嫉妬というのは、もともと想像力から発したものであり、そして自分自身に対する価値判断の結果でもあります。事を果たせば、その劣情からは解放され、それを噛み締める役目は今や同じ状況に陥った恋敵《こいがたき》に任せることができる。そして幸いなことに、快楽を過剰に貪《むさぼ》れば貪るほど、想像力も価値判断も骨抜きにしてやれる。苦悩は満たされた欲情とともに眠りにつき、そして同じだけの時間眠り込む。同様の仕組みで、若者は初めての愛人を持つことで形而上学的不安を手放せるのだし、官僚的管理下での放蕩である婚姻生活は、しばしば大胆さと創意を墓場に送り込む黒塗りの霊柩車ともなるのです。そう、ブルジョワ的結婚は我々の国にくつろぎを与え、そのまま墓穴へと導いてくれることでしょう。

　話が大げさすぎる？　いいえそんなことはない。でも話が逸れてはいますね。わ

41　売春斡旋業者のことだと考えられる。

たくしはただ、淫猥の月日から引き出した利益をお伝えしたかったのです。わたしは靄《もや》がかかったような中に生きていて、そこでは笑い声が鈍く弱まり、ついには聞こえなくなりました。わたしの内側にかねてから大きな領土を占めていた無関心は、いよいよ歯止めを失い、硬化を広げていきました。もはや感情の高まりもない！　気分の浮き沈みがなくなり、あるいはむしろ気分というもの自体が消え去りました。結核の症状は肺機能の低下によって緩和しますが、それで喜ぶ患者を少しずつ窒息させていきます。わたしはそれと同じく、病の治癒によって緩やかに死んでいこうとしていました。依然として同じ職業で生活していましたが、常軌を逸した発言を繰り返したことで評判にかなりの傷がつき、日々の放埒《ほうらつ》によって職務の安定した遂行もおぼつかなくなりました。ただし興味深いことに、夜ごとの不品行よりも挑発的な言動の方がより不評を買いました。言葉の上だけのこととはいえ、法廷で時たま神を引き合いに出したことは、顧客に不信感を与えたようです。そりゃあ彼らだって自分の利害を守る上では、天任せにするよりも法知識だけで闘える弁護士になんとかしてほしいでしょう。そこから、この弁護士は無能であるがゆえに神にすがっているという結論に至るまではほんの一歩です。そしてわたしの顧客たちはこの一歩を踏み出し、わたしのもとから去っていきました。仕事は減りましたが、それでも弁護士業は続けました。時には、自分の口から出てくる言葉など信じていないということも忘れて、なかなかの弁護をしたこともあります。自分の声に引っ張られ、ただついていくわけです。もうかつてのように、高く羽ばたくことはできませんでした。地上すれすれの超低空飛行をするだけです。とうとう仕事以外ではほとんど人と会わないようになり、一人か二人の女との腐れ縁だけをかろうじて繋ぎ留めていました。欲望を混ぜることなく純粋な友情のみで終わらせる晩もありましたが、それでも退屈のあまり相手の言うことなどほとんど聞いていませんでした。わたしは少し太ってきて、それでついに危機の日々は終わったのだと感じました。これで後は、老いていくだけになったのだと。そんなある日、わたしは女友達に旅行をプレゼントしました。わたしの快気祝いでもあったのですが、それは言わずにおきました。大西洋を横断する船で、わたしはもちろん上のデッキに陣取っていました。その時、鉄のような色をした海面の上に、ぽつんとした黒い点が見えました。とっさに目を逸らしましたが、心臓は早鐘を打ち始めました。勇気を振り絞りもう一度目を向けてみると、その黒点は消えていました。黒点に愚かしくも大声を上げ助けを呼ぼうとした寸前、再びそれが目に入りました。

見えたものは、どこかの船が海に捨てていった廃棄物でした。それでももはや、とても直視する気にはなれませんでした。わたしは真っ先に、溺死体を思い浮かべてしまったのです。そして、ずっと前から認めざるをえないとわかっていた真実をやむなく受け入れるかのように、わたしは諦めとともに悟ったのです——あの叫び、何年も前、セーヌ川に響き渡ったあの叫び、わたしの背後に聞こえたあの叫びは、流れのままに英仏海峡へと運ばれ、ゆっくりと大海に進み出て、果てしなく広がる海原を漂いながら、この日までわたしがやってくるのを待ち構えていたのだと。わたしはこうも理解しました。その叫びはこれからも、海であれ川であれ、わたしに呪いの洗礼を与えた苦き水が届きうるあらゆる場所で、わたしを待ち受けているのだろうと。そういえば今も、我々は水の上にいますね？　平坦で、単色で、地上との境界がぼやけて見えない、無際限の水。本当にこのままアムステルダムに戻れると思っていますか？　我々はこの巨大な聖水盤から抜け出せないんじゃないだろうか。耳を澄まして！　どこか見えないところから、カモメの鳴き声が聞こえてきませんか？　もしもカモメが鳴いているとしたら、我々にいったい何を訴えているんだろう？　というのも、わたしはあの日の大西洋でも同じカモメの鳴き声を、何かを訴えかける声を聞いたのです。あの時わたしは、自分が治っていないということを決定的に理解しました。わたしは依然として追い詰められており、もはやその追い詰められた場所でやっていくしかありませんでした。栄光の日々は終わり、加えて反攻も乱行も終わり。いよいよ頭《こうべ》を垂れ、自分の罪状を受け入れなければならない。「不弛緩室」の中で生きていくほかない。そうですか、あなたは中世にその名で呼ばれた地下牢のことをご存じない。原則、そこに入れられたが最後、そのまま忘れ去られます。その独房が他と比べて異彩を放つ点は、独創的な寸法にあります。立ち上がれるほどの高さはなく、寝転がれるほどの幅もない。窮屈な姿勢で、斜めになって生きていかなきゃいけない。眠りは昏倒のみ、起きている間はうずくまるのみ。ねえあなた、この単純な発明には——軽々しく言うわけじゃないが——天才性を感じますよね。毎日毎日いささかの変化もない閉塞の中で体が硬直していくと、囚人は自分の罪深さを認め、潔白とは存分に手足を伸ばせることなのだと知るわけです。どうですか、あなたには想像できますか、そんな牢屋に、山頂とか上のデッキに親しんだ人間が入るところを。え？　なんですって？　そんな牢屋にいても潔白であることはありうると？　ありえない、まったくありえない！　さもなくばわたしの築いた論理が破綻してしまう。罪もないのに背を丸めて生きることがありうるだなんて、そんな仮説は一秒たりとも考慮するものですか。そもそも、我々には誰かに罪がないことなんて証明できません。一方で、罪があることの証明なら間違いなく誰についてもできる。万人が万人の罪を目撃しているはずです。そうに違いないし、そうであってほしい。

これはぜひ信じていただきたいのですが、宗教の暴走は、守るべき道徳を生み出し戒律を突きつけた時点から始まります。つまり神は抜きにして罪業を決め、罰を与えることにした。我らが人類は自分らだけで十分、自ら助くというわけです。あなたは最後の審判の話をなさっていましたね。礼を失したくはないのですが、つい笑ってしまう。最後の審判なんぞ、いつでも来てくれたらいい。わたしは最悪のものを他に知っています、すなわち、人間たちによる審判です。その手にかかっては情状酌量などありません、善意でさえ罪に計上されます。囚人に唾を吐きかけるための装置については、あなたも聞いたことぐらいあるでしょう？　某国民が先般、自分たちが地上で最も偉大な民族だと証明する意図で発明したものですよ。囚人を入れて立ったまま動けなくさせる石の箱です。頑丈な扉が閉められると体がセメントの空洞にすっぽりと収まるわけですが、その扉の高さは顎までしかありません。だから外からは顔だけが見え、そこに看守たちが各々通りすがりにたっぷりと唾を吐きかけていく。箱の中で身動き取れない囚人は、顔を拭くこともできない。目をつぶることくらいですかね、許されているのは。ねえあなた、人間はそういうものを発明するわけです。その小さな傑作を生み出すのに、神は必要としなかったのです。

だから？　だから、もしも人の潔白を証明したいならそれこそ神に出てきてもらわないといけないでしょうが、宗教の役割は別で、むしろ人の漂白です。宗教は、言わばクリーニングの大企業です。かつてその実例を見たように。短命で、三年程度のことでしたし、宗教と呼ばれてはいませんでしたが。[42] その後、石鹼がなくなってからも、我々はお互いの汚れた顔を白い目で見ている。さあ下等なる皆さん、罪深き皆さん、皆で唾を吐きかけ合いましょう！　さあ行けさあ行け不弛緩室へ！　そうして誰もが我先にと唾を吐きかける、そういうものです。あなたにひとつ重大な秘密を教えて差し上げましょう、親愛なる人よ。最後の審判を待つのはおやめなさい。既に毎日起きているじゃありませんか。

42　ナチス・ドイツ、およびそのユダヤ人らに対する民族浄化政策を暗示していると考えられる。

いや、なんでもありません、このひどい湿気で少し震えがきただけです。ああ着きましたね。行きましょうか。お先にどうぞ。しかしもう少しお付き合いいただけますか、よければわたしを送ってください。まだ話は終わっていませんよ、続きをせねば。続けること、それこそが容易ならぬことでしてね。さて、あなたはご存じですか――どうして彼は十字架にかけられねばならなかったのか？　あの男ですよ、あなたも今まさに思い浮かべていらっしゃるでしょう？　そう、あれには多くの理由があった。人が殺されるのには、いつでも理由があります。反対に、人が生きていることを正当化するのは不可能。だから殺人には常に弁護士がつくが、罪なく生きていることはなかなか立証してもらえないわけです。そこであの恐ろしい絶命なのですが、あれには二千年続けられてきた巧妙な説明とは別の、大きな理由がある。そしてなぜだか、その理由は非常に念入りに隠し込まれている。その本当の理由とはつまり、彼は結局まったくの無罪ではなかったのであり、それを自分でもわかっていたということです。人々に糾弾されたような罪過は背負っていなかったにしても、別の瑕疵《かし》はあった、彼がそれを自分で理解していようといまいと。しかし理解していないということはありえない。結局のところ、彼が発端となったのだから――あの無辜なる者たちの大量殺戮[43]について聞かずに済んだはずがない。彼が両親の手で安全な場所に移されている間に虐殺されたユダヤの赤子たちは、彼が原因でないならなぜ死ななければならなかったのか？　もちろんもちろん、彼がそれを望んだわけじゃない。血みどろの兵士やら半分に裂かれた赤ん坊のことを知った時は辛かったでしょうね。しかし彼はああいう人ですから、きっと忘れてしまうこともできなかったでしょう。彼の言動の端々からうかがえるあの憂い――あれは、子供らのために泣き、あらゆる慰めを拒むラケル[44]の声を、毎夜毎夜耳にしていた男が滲ませる癒しえぬ悲痛なのではないでしょうか？　嘆きの声が闇夜に響く、彼のために殺された子供たちをラケルが呼ぶ、そして彼だけが生きている！

そう、彼は知っていたのであり、昼も夜も己の過失なき罪と向き合っていた――あ

43　新約聖書「マタイによる福音書」（第二章一～十六節）で伝えられる、イエスの誕生に伴う幼児虐殺のこと。占星術の博士たちから新たにユダヤの王となる赤子がベツレヘムの地に誕生したことを聞いたヘロデ王が、これを恐れ、ベツレヘムとその周辺の二歳以下の男児を皆殺しにした。

44　元は旧約聖書に登場する女性で、新約聖書「マタイによる福音書」（第二章十八節）では幼児虐殺のエピソードにおいて、子供たちの喪失を嘆く母親の象徴として引き合いに出されている。

あ！　誰かを殺したのではなく自分が死ななかったことで罪になるとは、誰が信じられるだろう！——そのような男にとっては、そのまま生きるということ、ただ続けるということが、あまりに難しいことだったはず。きっぱり切り上げ、自分を守ることもせず、死んでしまう方がよかった。そうすれば、一人だけ生き残るのはもう終わり、あちら側に移って、きっと受け入れてもらえるはず。こちら側では受け入れてもらえず、彼も嘆いていたわけですから。挙句の果てには、その嘆きまで検閲される始末。確か三番目の福音書記者でしたかね、彼の嘆きを最初に削除したのは。「神よ、なぜ私をお見捨てになったのですか？[45]」こいつは確かに反逆的だ！　ねえ？　それならハサミで切り取ってしまえ！　とはいえ考えてもみれば、もしもルカが削除しなかったとしたら、そんな一文に目を向ける人はほとんどいなかったんじゃないかな。だってちょっとした短い言葉ですし。そんなふうに、検閲者というのは自らが締め出した文言をかえって流布《るふ》させてしまうんですね。世界の成り行きというのもまことに逆説に満ちている。

なんにせよ、検閲された方の彼は、あれ以上続けることなどできなかった。そしてわたしには、そのことが実感としてわかります。わたしにはかつて、どうやったら次の瞬間にたどり着けるのかが瞬間ごとにわからなくなった時がありました。そう、人はこの世界で戦争を起こすことができる、恋愛ごっこもできる、同胞を拷問にかけることもできる、新聞上で偉そうなことも言える、あるいはもっと単純に、隣人の悪口を言いながら編み物をすることだってお手のもの。しかしある種の場合には、続けるということ、ただ続けるということこそが、超人的な所為《しょい》になる。そして彼は超人ではなかった——請け合ってもかまいませんよ。結果、彼は例の断末魔の叫びを上げることになるわけで、だからわたしは彼のことが好きなんですよ。訳もわからず神に見捨てられたまま死んでいった彼のことが。

残念なのは、彼が我々を置き去りにしていってしまったということです。もう何があろうと自分らだけで続けていかなきゃいけない、たとえ不弛緩室で丸まっている時でも。今度は我々が、彼が抱えていたものを抱えている。しかし彼がしたようにはできない。彼のように死ぬことなんてできない。当然彼の死は多少なりとも参考にはさ

45　このイエスの十字架上の叫びは、マルコ、マタイによる福音書には記述されているが、続いて三番目に成立したルカによる福音書には見られない。

れました。結局のところ、彼の発想はまぎれもなく天才的でしたから。「汝らは、本当にろくでもない連中だな。まあそれはもう仕方ない。細かいことにこだわるのはやめ。一切合切まとめて精算してやるよ、この十字架の上で！」しかしその後あまりに多くの人間が、ただ遠くからでも目立ちたいがためだけに、十字架によじ登るようになった。そのためならずっと前から上にいた彼を足蹴にすることもいとわずに。あまりに多くの人間が、無私無欲の精神をなおざりにして隣人愛を実践しようとするようになった。おお、なんたる不義！　彼があまりにも不憫じゃないか！　まったく胸が締めつけられるようだ！

ああ、また悪い癖が。弁論気分になってしまった。お許しくださいね、それなりの理由もあるんです。ここからいくらか通りを越えたところに、「屋根裏部屋の救い主」[46]という名の博物館があるんでね。その昔有志がこしらえた、秘密の地下迷路ならぬ天井迷路です。賢明なことです、ここだと地下室は水に沈みますから。しかしご安心を、今日では、救い主は屋根裏にも地下室にも追いやられていない。彼は人々の心の内なる法廷で、しっかりと祭り上げられている。そして人々は互いに痛めつけ、ひいては裁きを——彼の御名において裁きを下す。当の本人は罪深き女にこう言ったものです。「我もまた、汝を罰せず」[47]と。それでも人々は意に介さず、断罪し、誰のことも許さない。彼の御名において汝の贖《あがな》うべきはこれこれなり。まったく何が彼の御名か！　彼はそれほど多くを求めなかった、そうでしょうあなた。彼はただ皆から愛されればそれでよかった、本当にただそれだけなんです。ええもちろん、彼を愛する人はいるでしょう、もしかしたらキリスト教徒の中にさえいるんじゃないかな。でも数えるほどですよ。そして、彼はそれを予見してさえいた。おまけにユーモアのセンスもあった。ペテロ、あなたもご存じの腰抜け野郎、かのペテロは彼を否認して言いました。「そんな人は知らない……あなたが何を言っているのかわからない……」云々と。まったくとんでもないやつですよねえ！　そして彼の方は駄洒落を残していた。「この岩の上に、私の教会を建てるだろう」こんな痛烈な皮肉はない！[48]　そうは

46　宗教改革後の十七世紀、公の場での礼拝を禁じられていたカトリック教徒が密かに屋根裏部屋に作った教会。本文のとおり、現在は博物館となっている。

47　新約聖書「ヨハネによる福音書」第八章十一節。姦淫の罪で捕らえられた女を罰しようとする者たちに対し、イエスが罪のない者のみ石を投げよと言う場面。誰も石を投げずに去った後、イエスが女にこの言葉を告げる。

思いませんか？　ところが性懲りもなく、連中はいまだに勝ち誇ったように言う。「いいか、彼がそうおっしゃったのだぞ！」彼がそうおっしゃった、確かに。ただし彼は事の問題をよくわかっていたからそうおっしゃった。そして彼は永遠に去ってしまい、人々は好き勝手に裁き、断罪する。口先では赦しを与えながら、心の内で判決文を読み上げている。

そう、口先ではね。赦しなどもはやないだなんて、誰も言えません。おやまいったな、結局話が止まらない！　まあ単純に言えば、人々はもう誰のことも無罪放免にはしてくれないということなんです。無実は死にました。今はその屍の上に、裁判官たちがおびただしく群がっている。あらゆる人種がいる、キリスト教徒もいる、反キリストの連中もいる。誰も彼も同じです、皆仲良く不弛緩室行きですよ。キリスト教徒だけを責めるわけにはいきませんからね。他の人間も同じ穴の狢《むじな》です。この街にはかつてデカルト[49]が住んでいた家がありますが、今はどうなっているかご存じですか？精神病院です。この錯乱状態は万人のものだということです、そして嗜虐性《しぎゃくせい》も。それはわたしたちもです、当然、わたしたちだってそこに仲間入りせざるをえない。これまでの話で、あなたにもきっとお察しいただけたことでしょう――わたしはなんら容赦しません。そしてわたしにはわかっています、あなただって腹の中では同じですよね。そう、我々は皆裁判官であり、それゆえに皆お互いを罪人として見ている。我々は皆、このおぞましさにおけるキリストであり、次から次へと十字架にかけられていく。相変わらず、訳もわからず見捨てられながら。いつわたしたちの番が来てもおかしくないでしょうね。ただしそれは、このわたしクラマンスが、活路を、唯一の解決策を、すなわち真理を見出していなければの話ですが……。

いや、もうやめにしましょう。親愛なる友よ、どうかお気になさらず。それにそろそろお別れせねば。ほら、もうわたしの家です。孤独の中にいると、疲労も手伝ってついつい、自分が預言者であるかのように思いたくなってしまう。結局のところ、今のわたしはそれです。岩石と霧と腐った水の荒野に隠遁した、凡俗なる時代のための

48　ペテロの名は「岩」を意味し、イエスの言葉はこのペテロを礎としてカトリック教会が成立することの（駄洒落を含んだ）予言とされる。ただしクラマンスはこれに併せて、ペテロによるイエスの否認がカトリックの精神を形作ることも予言されていたという皮肉を見ている。
49　ルネ・デカルトは十七世紀の哲学者で、「我思う、ゆえに我あり」の言葉が有名。ここでは神への信仰ではなく人間の理性に依拠する合理主義者の祖として言及されている。

虚しき預言者、高熱とアルコールで朦朧《もうろう》となった救世主なきエリヤ[50]、この黴《かび》の生えた戸に背をもたせかけ、中空に人差し指を立てながら、法を持たぬ人々に呪詛《じゅそ》の雨を降らす。人々は、決してその裁きに耐えることができない。そう、そんな裁きには耐えることができない、それが問題のすべてと言っていい。法の中で生きる者が法によって裁かれるなら、何も恐れることはありません。それは自らが信じる秩序の中に留まるだけですから。人間たちにとって考えうる限り耐えがたい責め苦は、法のないところで裁かれるということです。そして我々はまさしくそういう責め苦の中にいるのです。裁判官となった者たちは皆、本来持っていたはずの自制心を失い、むやみやたらに暴走し、迅速に始末しようとする。そうなると、自分がもっと急ぐほかないということになりますよね? それでてんやわんやの大騒ぎです。預言者も増え祈禱師も増え、なんらかの望ましい法に到達しようとやっきになる。あるいは、なんらかの完全な組織構造に。この地上から人がいなくなってしまう前に。幸いにも、わたしは到達しました。わたしだけは! わたしは終わりであり、始まりである。わたしが法を布告する。これこそが、告解者にして裁判官であるということです。

　ええ、承知しました、この素敵な職分がどういうものかについては、明日お話しして差し上げましょう。明後日ご出発ですか、それならあまり時間は残されていませんね。よろしかったら、わたくしの家でいかがですか？　いらっしゃったら呼び鈴を三回鳴らしてください。パリにお帰りで？　パリは遠いですね、パリは美しい、忘れられません。ちょうどこのくらいの季節の夕暮れを、今でも思い出します。乾いて軋《きし》むような空気の中、靄《もや》で青く包まれた屋根の上に夜が降りてくる。街はかすかに唸《うな》り、川の流れは逆行しているような見え方をする。そんな時分、わたしはよく通りをさまよいました。あちらの人々も今ごろさまよっていることでしょう。わたしにはわかる！　きっと彼らはさまよっている、疲れ切った妻のもとへ、耐えがたい家に向かって急ぐふりをしながら……。ああ！　ねえあなた、大都会を孤独にさまよい歩く人間とはどういうものか、あなたにわかりますか？……

50　旧約聖書に登場する預言者。洗礼者ヨハネはその再来として同一視されることがあり、本文の示唆する荒野での生活および救世主との接触（つまりイエスへの洗礼）は、このヨハネを特徴づけるものである。なお、ジャン＝バティスト・クラマンスの名は「大声で叫ぶ洗礼者ヨハネ」を意味し、これもヨハネが「荒野で叫ぶ声」（荒野で教えを説く者）とされることの反映。

☆

床に就いたままお迎えすることになってしまい、恐縮です。たいしたことはないんです、ちょっと熱がありましてね、薬代わりにジュネヴァを。こういう発作にはもう慣れっこです。マラリアなんです、おそらく。わたくしが教皇だった頃にかかったもので。いえいえ、冗談なのは半分だけですよ。何をお考えか当てましょうか。どうもこいつの話は何が本当で何が嘘かわからん。恐れながらそのとおりだと白状しますよ。自分でも……。ねえ、昔知人に聞いたんですがね、人間というのは三種類に分けられるそうです。嘘をつくくらいなら何も隠さない方を好む人間、何も隠さないでいるより嘘をつく方を好む人間、そして虚偽と秘密を同時に愛する人間。わたしに最も当てはまる系統はどれか、ご判断はあなたにお任せします。

どれにせよ、だからどうということではないのです。嘘も結局は真実の手がかりを示すものではないでしょうか。そしてわたしの話も、本当であれ偽りであれ、変わることのない結末に向かって、変わることのない意味を持つものではないか。だからそれが本当であれ偽りであれどうだっていいのです、どちらにせよ、わたくしが何者であったのかと何者であるのかをまぎれもなく示しているのですから。時には、本当のことを言う人よりも嘘をつく人の方が、自分をはっきりさらしていることもあります。真実とは光であり、目をくらませるものです。嘘は反対に、美しく朧《おぼろ》な夕暮れであり、対象のひとつひとつを際立たせるでしょう。そういうわけで、お好きなようにとっていただいてかまいません、わたしは捕虜収容所で教皇に任ぜられたのです。

どうぞお掛けになってください。部屋が気になりますか。何もない、そうですね、でもすっきりしていていいでしょう。フェルメールの絵が一枚あるだけ、家具もない、鍋もない。本さえもない。だいぶ前に本を読むのはやめてしまったんです。昔は、家を読みかけの本でいっぱいにしていましたが。でもそれはフォワグラの端だけつついて残りは捨てさせる人たちと同じくらい浅ましいですよね。もともと告白ものしか好きじゃないんですが、告白ものの著者というのは何も告白しないために書いているんですね。本当に知っていることについては何も言わない。重大な白状のそぶりを見せている時ほど要注意です、死体に化粧しようとしているだけですからね。信じていただいてよろしいですよ、わたしはその手の専門家ですから。それで、もうきっぱり読むのをやめてしまいました。本もなく、一切の無駄なものをなくして、ただぎりぎり必要なものだけを棺桶のようにきれいに磨いて置いてあるわけです。実際、このオランダ製のすこぶる硬いベッドと純白のシーツの上で横になっておりますと、もはや屍衣に包まれ、防腐処理の清純な芳香の中で死んでいる気分になれますよ。教皇の件に関心がおありになる？　面白いものは出てきませんよ。話す気力はあるかって？　わかりましたよ、熱も下がってきたみたいですし。あれからもうだいぶ経ちました。ロンメル将軍[51]の活躍により、アフリカで戦争の炎が燃え上がっていた頃の話です。いえ、戦闘に巻き込まれたわけではありません、ご安心を。わたしはヨーロッパでの戦いも免れていました。もちろん動員はされていましたが、戦火を見る機会はなかったのです。ある意味では、それを心残りに思っています。もしかしたら多くのことが変わっていたかもしれないでしょう？　でもフランス陸軍はわたしを前線に必要としなかったんですね。ただ退却作戦にだけ加わるよう命じられました。パリに戻ることになり、そこで再びドイツ人たちの姿を見ました。レジスタンスの噂が広がり始めた頃で、わたしも参加への思いを抱くようになりました。ちょうど自分が愛国者であると気づいた折だったので。笑われますか？　まあ聞いてください。わたしがそれに気づいたのは、シャトレの地下鉄駅内の通路を歩いていた時です。犬が一匹、その迷路のように入り組んだ構内に迷い込んでいました。毛の硬そうな、片耳の折れ曲がった大きな犬が、嬉々とした目をして跳び回り、通行人のふくらはぎに鼻を押しつけていました。わたしはかねてから、犬に対しては揺るぎない愛着を抱いてきました。彼らはいつだって許してくれる、だから好きなのです。わたしが呼ぶと、その犬は見るからに嬉しそうにし、尻尾からも歓喜がうかがえたのですが、ふとわたしの数メートル手前で停止しました。同時に、一人の若いドイツ人兵が颯爽《さっそう》とわたしのそばを通り過ぎました。そして犬の前に来て、頭を撫でたのです。犬は先ほどと同じだけの歓喜を見せ、しかし何の躊躇《ちゅうちょ》も見せることなく、彼にぴったりとくっついて去っていきました。わたしがその時ドイツ人兵に抱いた悔しさと一種の憤りからして、これは愛国心からくる反応であると認めないわけにはいきませんでした。もし犬がついていったのがフランス同胞であったなら、同じ感覚になるとは到底思えませんでしたから。しかし現実には、あの愛くるしい動物がドイツ連隊のマスコットになってし

51　エルヴィン・ロンメル（一八九一〜一九四四）は第二次大戦時のドイツ陸軍元帥。北アフリカ戦線などの指揮で活躍。

まったという考えにとらわれ、激憤を覚えることになりました。これはもう反応テストの結果として疑いようもないわけです。

わたしはレジスタンスの情報を得るべく南部に向かいました。しかし一度そこに着いて情報が揃ってしまうと、わたしは躊躇しました。計画が少しばかり無謀というか、言ってしまえばただの夢想に思えたからです。何より地下活動というのは、風通しのよい頂上を欲するわたしの気質、性向にはきっと適さない。どうもわたしの印象では、このままだと地下室で昼もなく夜もなくタピスリーを織るように命じられ、そのうち野蛮な連中がやってきてわたしを捕まえ、まずわたしのタピスリーを引きほどいて台無しにし、それから別の地下室に引きずり込まれて死ぬまでめった打ちにされるということになる気がしたのです。そんな地底のヒロイズムへと身を捧げる人たちに感心はしても追従はできませんでした。

それでわたしは、ロンドンまでたどり着くという淡い期待を持って、北アフリカに渡りました。ただしアフリカでは状況が複雑で、対立する勢力のいずれもが大義を持っているように思えたので、首を突っ込まないでおきました。どうもあなたのお顔からしますと、わたしが大切な細部をかなり端折《はしょ》りながら話していると訝《いぶか》しんでいらっしゃるんじゃありませんか。わたしはね、あなたの真価をわかっているからこそ、そういう細部を飛ばしているんですよ。あなたがいっそう注意してそれに目を向けてくれるようにね。そんなこんなで、わたしは最終的にチュニジアに至り、そこで親切な女友達が職を世話してくれました。彼女は非常に頭が良く、映画関連の仕事をしていました。それでチュニスまでついていったのですが、わたしは連合軍がアルジェリアに上陸してから初めて、彼女の本当の職務を知ることになりました。彼女はドイツ軍に逮捕され、そしてわたしも、不本意ながら捕らえられてしまいました。その後彼女がどうなったのかはわかりません。わたしの方は特に虐待を受けるということもなく、ひどく不安を感じてはいたものの、ひとまず保安処分による拘留なのだということでした。トリポリ[52]の近くの収容所に入れられたのですが、そこでは拷問などよりも、喉の渇きと飢えによる苦しみがありました。それについて詳しくは語りません。我々この半世紀に生まれた者たちは、その種の場所を想像するのに描写はいらないはずです。百五十年前の人々は、湖と森に胸を震わせていました。今日の我々にあるのは、

52 現リビアの首都。

監獄の叙情性です。だからあなたには言わなくても伝わるでしょう。いくらかの細部を付け加えさえすれば十分。暑さ、真上から照りつける太陽、蠅、砂、水不足。

わたしの他にもう一人、若いフランス人がいました。彼は信仰を持っていましてね。いやはや、これがもうおとぎ話のようで。現代におけるデュ・ゲクランとでも呼びたい。彼はフランスからスペインに行き、戦いに参加したのです[53]。そこでカトリック派将軍[54]の手に落ちて捕虜となった。そしてフランコ支配下の収容所で出される粗末なひよこ豆が、言うなればローマの加護を受けたものだと知り、彼は深い悲しみに沈んだ。その後行き着いたアフリカの空も、収容所でのあり余る時間も、彼をその悲しみから引き出すことはなかった。むしろ重ねに重ねられた省察と、燃える太陽は、彼を少しばかり正常な状態からはみ出させてしまった。ある日、溶けた鉛に浸かったようにどんよりとした幕舎の中で、わたしを含む十人程度が蠅に群がられながら喘いでいると、彼は自分の頭の中のローマ人に対していつもの糾弾を始めました。髭ぼうぼうの顔で、彼は我々の方を焦点の定まらない目で見ていました。その裸の上半身は汗でびっしょりと濡れ、手は下手なピアノを弾くように、浮き出た肋骨の鍵盤の上を動き回っていました。そして彼は我々に向かって、新たなる教皇を立てねばならぬ、と宣言しました。玉座に鎮座して祈るのではなく、不幸な者たちとともに生きる教皇を。早ければ早いほどよい、と彼は言いました。錯乱した目で我々を見据え、力強くうなずきながら彼は繰り返しました。「そう、今すぐにでもだ！」それから彼は途端に静まり、重苦しい声で言いました――教皇は我々の中から選定し、欠点も美点も十全に併せ持った者が即位すべきである、そして、この者が我ら全員の苦しみを自らの内にも皆においてもまざまざと共有されるよう努める限りにおいて、我々は服従を誓わなければならない。「我らの中で誰が」と彼は言いました。「最も多くの弱さを備えているだろうか？」冗談で、わたしは手を挙げました。手を挙げたのはわたしだけでした。「よろしい。ジャン＝バティストがふさわしい」彼がこのとおりに言ったわけではありませ

53 ベルトラン・デュ・ゲクランは、十四世紀フランスの軍人（一三二〇頃～一三八〇）。ここでスペインに行って戦った信仰心の強いフランス人と比較されている理由は、デュ・ゲクランが騎士道精神に溢れ、現在のスペインに位置するカスティーリャ王国との戦いに臨んだゆえと考えられる。

54 軍事クーデターを経てスペインに独裁政権を築いたフランコ将軍（一八九二～一九七五）のこと。この独裁政権とカトリック教会との間には協調関係が見られた。

ん、わたしはその頃他の名前を使っていたので。ともあれ彼は、わたしがこのように名乗り出たことで最大の美徳もまた示されたと宣明し、皆にわたしを選んではどうかと提言しました。悪ふざけから、全員が賛成を表明しました。ただし一抹の真剣味もありました。実際、我々としてもデュ・ゲクラン殿に飲まれてしまったところはあった。わたし自身、笑い飛ばす気にはなれなかった。そもそもこのちっぽけな預言者の言うことにも一理あるし、さらに厳しい日差しと、過酷な労働と、水を求めての争いで、要するに我々はまともな状態になかった。結果、わたしは数週間にわたって教皇職を行使し、次第にそれにのめり込んでいくことになりました。

どんな役割だったか？　実際、グループの長とか党細胞の書記みたいなのと変わりません。他の連中はとにかく信仰があろうがなかろうが、わたしに従うのがしきたりとなったわけです。そしてデュ・ゲクラン殿が苦しんでいるとなれば、わたしがその苦しみを世話してやる。そんな時は、教皇でいるのも思ったより楽じゃないと思い知りました。ちょうど昨日そのことを思い出していたんです、我らが同胞たる裁判官たちをさんざん侮蔑した後になってね。収容所における大きな問題は、水の分配でした。我々の他にも党派なり宗派なりのグループができているわけです、そのそれぞれが仲間の利益を守ろうとする。それでわたしも我が信徒たちに便宜を図らねばならなくなり、もうその時点でちょっとした折衝になるわけです。自分らの中でさえ、完全な公平など維持できないというのに。仲間の状態や抱える仕事にしたがって、あれこれ優遇しますよね。そうした区別をつけ始めると、後戻りのできない事態を招くものです。賭けてもいい。それにしても、どうもまた疲れてしまったな、あの時のことを思うと本当に嫌になる。ただこれだけ申しておきましょう――ある日、わたしは死にかけた仲間の分の水を飲み、すべてをご破算にした。いえ違います、デュ・ゲクランの分ではありません。彼はもうその時には死んでしまっていたはずです、むしろあまりに自分の分を取ろうとしなかったから。それにもしも彼がいてくれたなら、彼のことを思ってもう少し耐えられただろうと思います。彼のことは好きでしたからね。そう、彼のことは好きでした、少なくともそんな気はします。しかし現実には、わたしはあの水を飲んでしまった――仲間たちはわたしの方を必要としているはず、こいつはなんにせよもう助からない、わたしは彼らのために生き残らねばならない、そう自分を納得させましてね。ねえあなた、帝国や教会というのはそうやって生まれるものですよね、死の太陽に照らされて。さてこんな話を――それも今となっては実際にあったことか夢に見たことかもわからなくなってしまいましたが——しているうちに、わたしはとても大切な観念を見出しましたよ。昨日お話ししたことも少しだけ修正することになります。その大切な観念とはつまり、教皇は赦してやらねばならないということです。第一に、彼以上に赦しを必要とする者などいないのですから。第二に、それこそが彼の上に立つ唯一の方法なのですから……。

おっと！　ドアの鍵はちゃんと閉めてくださいましたか？　ええ。確かめていただけますか、お願いです。ご容赦くださいね、施錠については強迫観念がありまして。いざ寝ようという時にも、いつも錠をかけたかどうかわからなくなってしまう。それで毎晩、起きて確かめに行くんです。前にも言いましたけど、何が起こるかわかったもんじゃないですからね。わたしが施錠を気にしているからといって、臆病な財産持ちの心情と取り違えないでくださいよ。昔は、家にも車にも鍵などかけなかったんです。金にしがみついてはいなかったし、自分の持ち物に執着することもなかった。実を言うと物を持つことを少し恥にも思っていた。社交の場で演説をぶって、高らかに叫んだことさえありますよ。「皆さん、所有とは殺人なのです！」ってね。財産をしかるべき貧乏人に分け与えるだけの度量はなかったので、泥棒が入ってきたらいつでも持っていけるように放り出しておいたものです。そうやって偶然が不公平を是正してくれることに期待してね。もっとも今では、もう何も持っていません。だからわたしは盗みを心配しているわけではありません、そうではなくて、この自分自身の存在、この今の精神のありようを脅かされたくないのです。そして扉を固く閉め切り、わたしが王であり教皇でもあり裁判官でもあるこの小宇宙に踏み入られぬようにしたいのです。

そうそう、そこの戸棚を開けてみてくださいませんか。絵がありますよね、ええそれです、よくご覧になってください。おわかりになりませんか？〈正しき裁き人〉ですよ。おや、びっくり仰天とはいかない？　あなたのご教養にも穴がおありになるということですかな？　しかし新聞をお読みになっているのなら、あの一九三四年の盗難事件を覚えていらっしゃるはずです。ヘントの聖バーフ大聖堂から、ファン・エイク兄弟の名高き祭壇画《神秘の子羊》のパネルが一枚盗まれた。そのパネルにつけられていた名が、〈正しき裁き人〉です[55]。聖なる子羊を崇めんと馬に乗ってやってきた裁き人たちが描かれています。盗まれた絵の代わりには、見事な複製が置かれました。原物はまだ見つかっていないのでね。で、それがこれです。いいえ、わたくしは手を汚しておりません。とある「メキシコ・シティ」の常連、ああ先日あなたも見ましたよね、あの男がある晩酔っ払って、酒ひと瓶と引き換えにゴリラくんに売り渡したんです。最初、わたしは親愛なる友に、どこか見栄えのする場所に掛けておいたらどうかと進言しました。それから長い間、世界中で捜索されているのをよそに、我らが敬虔なる裁き人たちは厳かに「メキシコ・シティ」の酔っ払いや娼婦のひもたちの上に君臨していたわけです。その後、ゴリラくんはわたしの求めに応じて、絵をここで保管することにしました。渋らないではなかったですが、事件のことを説明してやったら怖くなったようですね。以来、この誉れ高き裁き手たちは、ただわたしだけのそばにいます。それで店には——あなたもカウンターの上の方に見たでしょう——その跡だけが今でも残されているんです。

どうしてわたしはこの絵を元に返さないか？　ああ！　これはこれは！　警察的な思考回路でいらっしゃるんですね、あなたという方は！　よろしい、予審判事が相手と思ってお答えしましょう、この絵がわたしの部屋に流れ着いたことをいよいよ誰かが暴いたと仮定してね。一、この絵はわたしではなく「メキシコ・シティ」経営者の所有物であり、彼はその所有にあたりヘントの司教と同等の正当性を保持している。

二、《神秘の子羊》の前で行列を作る者たちは誰一人として複製と原画を識別などできない、ということはつまり、わたしの過失により生じた被害はゼロである。三、そうやってわたしは見下ろしていたい。人々の感嘆の目にさらされているのは偽の裁き人であり、本物を知るのはわたしひとりとして。四、このようにして牢獄に送られる可能性を有した状態を、わたしはある種魅惑的なものに感じている。五、この裁き人たちは「神の子羊」[56]の謁見に向かおうとしていたわけだが、もはや子羊はいなくなり、潔白なるものも失われてしまっていることを勘案すれば、絵を盗んだ腕利きの奸賊は実のところ知られざる司法の使者だったと考えるべきなのであり、その意向を妨げないのが好ましい。最後に、今の状態は我々の秩序を表している。正義と潔白は決定的に切り離され、潔白は十字架の上、正義は戸棚の中。そしてわたしは己の確信に従って思うままに活動できる。幾多の挫折と障害を経て我がものとした、この告解者にし

55　実際の事件では、《神秘の子羊》から〈正しき裁き人〉と〈洗礼者ヨハネ〉の二枚のパネルが盗まれ、後者のみ回収された。
56　子羊はイエス・キリストの象徴とされる。

て裁判官という容易ならぬ職分を、なんら気兼ねなく行使できる。そろそろ――あなたはもうご出発なのだから――それが何かを申し上げるといたしましょう。

その前に一度起き上がらせてください、深呼吸したい。ああ、ひどく疲れた。わたしの裁き人たちの戸棚に鍵をかけてくださいませんか。ありがとう。この告解者にして裁判官という仕事は、今のわたくしが行っているものです。普段は「メキシコ・シティ」を職場にしています。が、大いなる天職というのは仕事場を超えて遂行されるもの。ベッドの上でも、たとえ熱があっても、わたしは働き続けます。それにこの仕事は、労働というよりは呼吸に近い。だから絶えず続けているんです。実際、あなたといたこの五日間、ただ楽しみのためだけにこんなに長々おしゃべりをしていたとは思わないでくださいね。いや昔は、たくさんしゃべってどこにも行き着かないわたくしでした。でも今は、わたしの話は明確な目的に向かって進められています。その目的とは言うまでもなく、笑い声を黙らせること、自分だけは裁きから逃れるということです。そんな活路はないように思えますよね。しかしそれを阻んでいる最大の要因は、何より我々自身が己の罪にこだわりすぎているからではないのか？　だから初めに考えるべきは、断罪の対象を自分自身に留めず、万人に敷衍《ふえん》することです。差別なく。そして断罪を全体に溶かし薄めてしまうこと。

言い逃れの余地は何であれ何人にであれ与えない、それがわたしの出発点となる原理原則です。わたしは、よかれと思ってとか悪いことだけでもなかったとかちょっとした不注意でとかやむにやまれぬ事情があってとかは認めません。わたしの仕事は、恵みを垂れることでも罪を赦すことでもありません。単純に足し算をし、突きつけるだけです。「これは多いぞ。あなたは性倒錯者で、色情狂で、虚言症で、男色家で、芸術家で……」という具合にね。素っ気ないですよ。だから哲学においても政治においても、わたしは人間の潔白を否定する理論と人間の有罪を認定する実践はなんであれ支持します。そしてわたしは――親愛なる友よ、どうかご理解ください――人間は奴隷として生きるべきだと確信している者です。

正直なところ、そうでないと終局的な解決はありえないのです。わたしは非常に早い時点でそのことを悟りました。かつては、口を開けば自由と言っていた頃もありました。朝食には自由をトーストに塗り、一日中自由のガムを嚙み、世界に向かって自由の香るさわやかな息を吐き出していました。わたしに反論する者には魔法の言葉として繰り出して、欲望を満たすためにも人《なんぴと》を屈服させるためにも振りかざしました。

ベッドの上で寝ぼけ眼《まなこ》の女の耳に囁《ささや》けば、その場をさっさと離れるのにも役立ちます。いかなる時にも巧みに……いや、興が乗って度を外してしまいました。しかし結局は、もう少し私欲とは無縁に自由を行使したこともありましたし、さらには——わたくしの馬鹿正直さからご納得いただけるでしょう——自由を守るべく二度、三度、命を懸けてとは言わないまでも、それなりの危険を冒して戦ったこともあります。あまりに軽率なことでした、でも見損なわないでくださいね。わたしは自分でしていることの意味をわかっていなかったのです。わたしは、自由とは報酬でもなければシャンパンを開けて祝う勲章でもないとわかっていなかったのです。贈り物でもないし、口を喜ばせる飴菓子の詰め合わせでもない。ああ、まったく違う！　自由とはむしろ苦行、身を削りながらただひとり孤独に走るマラソンなのです。そこにシャンパンはないし、あなたを温かく見つめながらグラスを上げてくれる友もいない。殺風景な部屋にひとり入り、裁判官たちを前にして被告人席にひとり座り、自分自身と向き合い他者の裁きにさらされながら、ひとりきりで物事を決める。いかなる自由にも、後で判決文が付されることになる。だから自由というのは、抱えるには重すぎるわけです。とりわけ熱に苦しんでいたり、苦痛に苛まれていたり、誰のことも愛せないなどという時はね。

ああ！　ねえあなた、神も持たず、主人も持たず、ひとりきりでいる者にとって、日々の重さというのは耐えがたいものですよ。だから自分のために主人を選び持ったほうがいい。神はもう時代遅れなのでね。それに神という言葉にはもはや価値がない。もはや誰かを跪《ひざまず》かせる力など持っていません。よろしいですか、昨今のモラリストというのは、すこぶる真面目で、隣人でもなんでも愛しており、結局はキリスト教徒の姿勢と何も変わらない。説教の場が教会じゃないだけです。それなのに何が彼らの入信を阻むのだと思われますか？　尊厳、なるほど、人間たちの尊重、そうですね、世間の目の尊重、つまりは、世間体。世間体。彼らは醜聞を招きたくないのです。だから自分の情緒は人間たちのためにとっておく。たとえば、毎晩信仰の祈りを欠かさないけれども、世に出す作品は無神論風という小説家もいますよ。祈っていようと関係ありません。彼の本の中で神がどんな目にあっているか！　誰が教えてくれたか忘れてしまいましたけれど、もう火だるまらしい！　わたしはそのことをとある戦闘的な自由思想家に切り出してみたところ、彼は両手を（ふざけているわけでもなさそうに）天に掲げました。「今に始まったことじゃない」この天を仰ぐ使徒はため息交じりに言いました。「あいつらは皆そうなんだ」彼の言うところ、今日の作家の八十パーセントは、もし署名さえしなくていいなら、神を称える文を書く。ところが実際には、人間は自分のことが可愛いので、署名できる方を選ぶ。そして人間はお互いのことが嫌いなので、何も称えない。とはいえ、人を裁かずにはいられないものだから、後ろ盾として道徳にすがることになる。かくして彼らに見られるのは、有徳のサタニズムです。奇妙な時代ですね、まったく！　これでは精神が混乱するのも当然です。わたしの友人で、立派な夫でいた時は無神論者、不貞を働いてから入信したのがいましたけれど、それも驚くことじゃない！

おお！　しけた卑怯者どもめ、けちな役者どもめ、せこい偽善者どもめ！　哀れにもほどがある！　信じてください、あいつらは皆そうなんです、天に火をつけるような真似をしていても！　無神論者だろうが狂信者だろうが変わりません、モスクワの連中もボストンの連中も同じです、結局は揃いも揃ってキリスト教徒なのです、父から子へと引き継がれて。しかしながら、そうまさしく、父なるものはもういない、戒律はもはや失われた！　人は自由になり、自分らだけでなんとかやっていかなきゃいけない。しかし自由なんて望ましいものでもなんでもないし、ましてや自由に付きまとう判決文など願い下げだから、誰か我らを律したまえと祈り出す。自分らで新たに恐ろしい戒律を作り出し、教会の代わりに火刑台を築くべく奔走する。次から次へとサヴォナローラ[57]のできあがり。しかし人々が信じているのは罪の存在だけ、恩寵《おんちょう》が降ってくるとは思っていない。恩寵に思いを馳せはしますがね、もちろん。彼らにだって欲しい恩寵はある、すなわち承認、信頼、生きる幸福、そして——おそらく皆ロマンスが好きだから——永遠の契り、若くみずみずしい娘、実直な男、音楽。たとえばわたくしは、特にロマンス好きでもありませんが、何を夢見たかおわかりになりますか。それは愛です、昼夜を分かたず始終交わり合い身も心も捧げて快楽と興奮に満ちるような完璧なる愛、それが五年続いて、あとは死ぬ。ああ口惜しい！

それで、永遠の契りも途切れぬ愛も叶わないにしても、まだ結婚があります——鞭をたずさえた権力との、冷厳なる結婚。肝心なのは、すべてが子供にもわかるほど単純であること、ひとつひとつの行為が命令の下でなされること、善悪の区別が恣意《しい》的

57　十五世紀イタリアの修道士（一四五二〜一四九八）で、宗教改革の先駆とされる。ローマ教皇の意により破門され、火刑に処された。

であること、それゆえに考慮の余地なく明確であること。わたしは、それを支持します。シチリアとジャワの精神を持ち、おまけに毛ほどもキリスト教には与《くみ》しないこのわたしでもね（まあ、その始まりにいた男には、親愛の念を感じていますが）。わたくしもパリの橋の上で、自由とは恐ろしいものであるということを学びました。だから主人よ万歳！　天の法の代わりとなるなら、誰でもかまわない。「地にひとまずまします我らが父よ……我らが導き手たちよ、甘美で容赦ない我らが長たちよ、おお残虐で麗しき指導者たちよ……」要するに、おわかりでしょう、肝心なのは、もう自由であることをやめ、悔い改めて、自分よりもしっかりとあくどい人間に服従するということです。我々が全員揃って罪人として生きる、それでこそ民主主義は成立するのです。ねえあなた、死ぬ時はひとりなのですから、その埋め合わせのためにもなおさらですよ。死は孤独でも、隷属は皆一緒です。他の者たちも各々ひどい目にあいます、皆一緒にです、それが大切なんです。ようやく万人がひとつに団結できるんです、ただし膝はついて、頭《こうべ》は垂れて。

社会の姿に合わせて生きていくのもよいのでは？　そしてそのためには、社会がわたしという個人の姿に合わせるのも必要なのでは？　恐怖、名誉喪失、拘束、それがこの相似のための秘蹟です。軽んじられ、追い詰められ、縛られてこそ、わたしは十全に本領を発揮できるはず。自分というものを享受し、ようやく自然でいることができるはず。だからこそわたくしは、親愛なる友よ、恭《うやうや》しく自由を礼賛していた日々に別れを告げ、自由など直ちにどこぞの馬の骨にでもくれてやるべきなのだと密かに決意しました。それからできる限り機会を見つけては、「メキシコ・シティ」という名のわたしの教会で説法をし、服従せよ、謹んで奴隷の安寧を求めよと善良なる民衆たちに説き勧めているのです。そのための方便として、隷属こそが真の自由であると言うことも厭《いと》いません。

いいえ。わたしは狂ってなどおりません。わたしはこの奴隷制が明日すぐに完成するようなものではないと十分に理解しています。来るべき善き未来のひとつ、まだその段階にすぎません。さしあたりは現在と向き合い、少なくとも今打たれるべき手を打たないといけません。それでわたしは、裁きを万人に敷衍し、わたしの肩にのしかかるその重みを減らすべく、新たなる方法を見つける必要があったのです。そして、わたしはそれを見つけました。ちょっと窓を開けていただけますか、どうか。ここは恐ろしく暑い。開けすぎないで、寒気もするんですから。この私案は、単純にして波及力のあるものです。皆に海に入ってもらって、自分だけ日差しを浴びて体を乾かしたければどうしたらいいか？　当世の多くの著名人にならい、説教壇に上って人類を呪ってみせるべきか？　それはあまりにも危険すぎる！　いつの日か、あるいはいつの晩か、前触れもなく笑い声に襲われることになる。あなたが他の人々に突きつける宣告は、あなたに真っ直ぐ跳ね返ってきて、その顔を潰す。それでは？　とあなたは言う。ええそれでは、叡智の妙案を明かしましょう。わたしは気づきました、主人たちとその鞭の到来を待つ間、我々はコペルニクスのように、勝利のための論理転回を行わなければなりません。つまり、人々を断罪すればたちまち自分も裁かれてしまうのだから、それならば先に自分自身を罵倒し、人々を裁く権利を得ればよい。裁判官になった者はいずれ必ず己の罪を悔いる告解者に成り果てるのだから、それならば順番をひっくり返し、告解者の務めを果たしてから裁判官となればよい。話についてきてくださってますか？　よかった。でももっとよくおわかりいただくために、わたくしの実際の仕事ぶりについてお話しすることにいたしましょう。

わたしはまず弁護士事務所を閉め、パリを後にし、旅立ちました。どこか不便のなさそうな場所で、変名を使って開業しようと思ったのです。思いつく場所は世界にいくらでもありましたが、偶然と、便利さと、ちょっとした皮肉と、自分に言わば苦行を課す意味合いもあって、運河でがんじがらめになったこの水と霧の首都、ことのほか混雑し、世界中から人が訪れるこの街を選ぶことになりました。そしてわたしは船乗りがたむろする地区の一軒のバーに、自分の事務所を定めた。港町というのは、客層が様々なんです。貧乏人は高くつく地域に近寄りませんが、上流の方々は——あなたも見たことがあるでしょう——必ず一度は悪名高き界隈に流れ落ちてくる。わたしは殊更ブルジョワを、ブルジョワが迷い込んでくるのを待ち構えています。ブルジョワを相手にしてこそ、わたしの真価が存分に発揮される。ブルジョワからこそ、わたしの名人芸をもって最も素敵な音色が引き出せる。

そのような次第で、わたくしは「メキシコ・シティ」でしばらく前からこの有意義なる職務を遂行しています。仕事はまず、あなたが実際に相手をしてくれたように、できる限り人を捕まえ、その前で告解を行うことです。あらゆる面から自分を批判してみせる。難しいことではありません、今ではもうすっかり暗記していますから。しかしお忘れなく、わたしは胸を叩いたりしながら粗暴に自分を打ちひしぐ真似はいたしません。それよりも、わたしはしなやかに言葉を紡ぎ、細やかな機微をふんだんに織り交ぜ、わざと脱線も入れながら、聞き手に合わせて話を調整していく。そして聞き手がもっと先を欲するように仕向ける。わたしは自分の話と他の誰かの話をないまぜにする。人に共通する特徴、我々が皆苦しんだことのある経験、我々が共有している弱さ、物腰――つまり、わたしの内にも誰かの内にも染みついた今日の人間性を材料にする。それを使って、誰のものでもあると同時に誰でもない肖像を作り上げる。要するに、仮面です。カーニヴァルのそれに似た仮面、忠実であると同時に単純化されており、それを見ると皆が言う、「おや、知ってるぞ、これ」と。今晩のように肖像が完成した暁には、いとも遺憾という態度で見せつけます。「ああ！　これがわたしという人間なのです！」告発終わり。同時に、わたしが同じ時代を生きる者に差し出すその肖像は、鏡ともなるでしょう。

深く悲しみに沈みつつ、少しずつ髪の毛を引き抜きながら、爪の引っ掻き傷が生々しく残る顔で、しかし突き刺すような目をし、わたしは全人類の前に立つ。そして自分の話が及ぼした効果を見定めながら、我が数々の恥の総論として言うのです。「わたしは最低の中の最低でした」と。それから、気づかれないようにしつつ、わたしは話の中で「わたし」から「我々」に移っていく。「これが我々の姿です」――そこまでたどり着けば一丁あがり、彼らに彼ら自身の正体を突きつけてやることができる。わたしも彼らと同じなのです、もちろん、我々は皆同じ水の中にいるのですから。しかしわたしにはひとつ優位な点がある、つまり、それを知っているということです。だからわたしには話す権利が与えられる。その特典はもうおわかりいただけていますよね。自分自身を詰《なじ》れば詰るほど、わたしにはあなた方を裁く権利が与えられるわけです。さらにわたしはあなた方に、あなた方自身を裁くよう教唆《きょうさ》する。そうなってくれれば、わたしはいっそう心休まる。ああ！　ねえあなた、我々は奇怪で惨めな生き物です。ちょっと人生を振り返りさえすれば、自分に驚き呆れ、嘆かわしくなる種に事欠かない。どうぞお試しを。ご安心ください、わたくしが拝聴いたしますよ、今度はあなたがしてくださる告解を。深い友愛の念とともにね。

　どうして笑うんですか？　まったく、あなたは難しい客だ、最初に見た時からわかっていましたよ。しかしあなたはきっとわたしの言ったとおりになる、逃れることはできません。たいていの人は、知性よりも感情で動きます。だからすぐに迷子にさせてやることができる。知性で動く人間となると、時間をかける必要があります。ただし体系立てて漏れなく説明すれば十分。彼らは忘れないし、あとは勝手に省察を重ねてくれる。遅かれ早かれ、半ば戯れに、半ば心を乱しながら、観念して口を開く。一方あなたは、知性の人というだけではない、物慣れたしたたかな人でもあるらしい。でも正直におっしゃいなさい、今日のあなたは、五日前のあなたよりもご自分に自信を持てなくなっているんじゃありませんか？　わたしはお待ちしておりますよ、あなたが手紙を書いてくださるのを、あるいは、ここに戻ってこられるのを。あなたはここに戻ってくる、きっとね。その時には、今と変わらぬわたくしでお迎えいたします。何を変わる必要があるでしょう、わたしは自分に適う幸福を見つけたというのに？　わたしは二面性を悲観せず、受け入れることにしました。それどころかどっぷり浸かることにしました。そして生涯かけて探し求めてきた安寧を見つけたのです。わたしはあなたに、重要なのは裁きを免れることだと申しました。が、今思えば言い方を間違えたと思います。重要なのは、自分にすべてを許してやることなのです。それで時には自分の下劣さを大声で表明したってかまわない。わたしは再び、自分にすべてを許してやれるようになりました、しかも今度こそ笑い声から逃れて。生き方を改めたわけではありません、相変わらず自分を愛し、他人を利用しています。ただ自分の罪を告解する——それだけで、わたしは気軽に何度でもやり直せるようになり、さらには悦楽も倍になりました。第一に自分の本性を存分に楽しめるし、第二に、甘やかなる後悔の喜びまで味わうことができるのですから。

この解決策を発見してから、わたしはすべてにありのままに身を委ねています。女たちにも、自尊心にも、退屈にも、憎悪にも、今まさに恍惚として高まりを感じることの発熱にも。わたしはついに君臨している、しかも今や不倒のままに。わたしは再び頂上にたどり着き、たったひとりよじ登ったその場所から、万人を裁く。ときおり、ことによっては、闇夜が本当に美しい時、遠くから笑い声が聞こえてきて、また疑念にとらわれることもないではありません。しかし即座に押し潰す、いかなるものも、何人《なんぴと》であれ何物であれ、このわたしの抱える弱さの重みによって。そしてわたしは再び快活に立ち上がる。

だからわたしは待っています、あなたがまた「メキシコ・シティ」に顔を出してくれるのを、いつまでも。ねえ毛布をどけてくださいますか、息が苦しい。あなた、戻ってきてくださいますよね？　その時はわたしのやり方を隅々までお見せしますよ、だってあなたには愛おしさのようなものを感じていますから。わたくしが夜通しかけて人々に低劣さを自覚するよう教え込んでいるところをご覧に入れましょう。今晩からでもすぐに、わたしはまた客を取ります。アルコールも手伝って誰かが陥落し、自分の罪を告白し出すあの瞬間を逃すことなどできません、あれなしではいられないのです。その瞬間にこそ、ねえあなた、わたしは自分が大きくなるのを感じる、大きくなって、思う存分呼吸ができる、山の上に立って、目の前に広がる地平を見下ろせる。ああなんという陶酔だろう、自らを父なる神と感じながら、この者は終局的に悪であると記入した人物証明書を次々に授与していくというのは。わたしはオランダの天空で、薄汚れた天使たちに囲まれながら、玉座に腰を下ろし、最後の審判を受ける群衆たちが霧と水を越えて登ってくるのを眺めている。彼らはゆっくりと登ってくる、わたしにはその最初の者がすでに到着しているのが見える。狼狽《ろうばい》し半ば手で覆ったその顔に、共通の定めに対する嘆きが、決して逃れられないという絶望が、ありありと読みとれる。そしてわたしは、哀れみはするが見逃しはせず、理解はするが赦しもせず、その時いよいよ――おお！ 愛し崇められているのを感じることができる！

ああもう、じっとしていられません、おとなしく寝ていられるものですか！ わたしはあなた方よりも高みにいなければならないのです。わたしの積み上げた思念が、わたしを飛翔させる！ そうした夜に、いやむしろそうした朝方に――なぜなら夜明けに転落が起きるから――わたしは外に出て、荒々しい足取りで、運河に沿って歩き出すのです。鉛色の空に、幾重もの羽の層が見える。それが薄く細くなり、鳩たちは少しだけ上昇する。バラ色の薄明が、屋根をかすめながら広がっていき、わたしの新たなる創世の一日を告げる。ダムラック通りでは、始発の路面電車が湿った空気にベルを打ち鳴らし、このヨーロッパの端辺《はしべ》から生活の目覚めの合図を響かせる。同時に、何億人もの人間、わたしの臣民どもが、辛そうにベッドから這い出て、口の中の苦味も取れぬまま、喜びのない仕事へと向かう。その時わたしは、何も知らずに服従するこの大陸一面の上空で思念の羽を羽ばたかせ、昇る朝日のアブサンを飲み干して、ついに酔いしれながら夢中になって罵詈雑言《ばりぞうごん》を吐き出す。わたしはなんと幸せなのだろう、わたしは幸せだと、そう言っているんです、わたしが幸せだと信じないなんてそんなことは許さない、わたしは死んでしまいそうなほど幸せなんだよ！　ああ、太陽よ、砂浜よ、貿易風が吹く島々よ、思い出すたび遣り切れなくなる若かりし頃よ。また横にならせてください、失礼。興奮しすぎてしまったかもしれない。泣いていません、大丈夫。迷いが生まれる時はあるものですし、確信が揺らぐこともあるでしょう、良き人生の秘訣を見つけたはずではあっても。わたしの解決策はもちろん、理想的なものとは言えません。しかし自分の人生を愛することができず、どうしても変える必要があるとわかっている時に、あれこれ選べはしないでしょう？　どうして他の誰かになれますか？　なれるわけがない。それはつまり誰でもなくなるということです、誰かのために、たとえ一度でも、自分を忘れ去るということです。そんなことどうやって？　あんまりわたしをいじめないでください。わたしは、いつだかのあの年老いた物乞いと同じです。彼はカフェのテラスでわたしの手を離そうとせずに言いました。「おお旦那、悪い者じゃないんです、ただ光をなくしただけで」そうだ、我々は光をなくしてしまった。朝をなくしてしまった。己を赦すのに己しか必要としない者が放つ、聖なる潔白の光をなくしてしまった。見てください、雪が降ってきた！　おお、外に出なければ！　深夜、眠りについたアムステルダム、暗い翡翠《ひすい》色の運河、雪をまとった小さな橋、誰もいない通り、そっと吸い込まれるわたしの足音――そこには純粋があるのです、明日の泥濘《ぬかるみ》に変わる前のはかなき純粋が。ほら窓ガラスに次々と、大きな白い房が毛を逆立てている。あれは鳩じゃないかな、そうに違いない。いよいよ下に降りてくることにしたんだな、かわいい鳩たち、あとは彼らが分厚い羽の層で川も屋根も覆い尽くし、窓という窓におびただしくうごめくことになるでしょう。凄まじい襲来！　彼らのもたらすものが福音であればいいのですが。それで皆が救われるように、そうそう、選ばれし者たちだけでなくてね。富も苦しみも分かち合って、あなたはたとえば今日から毎晩、わたしのために床で何も敷かずに寝てくれるようになる。一蓮托生、どうです？　ねえ正直にお認めなさい、もしも天から戦車が降りてきてわたしを運び去っていったなら、あるいは雪が突如として燃え上がったなら、[58]あなたはきっと呆気《あっけ》にとられるでしょうね？　そんなことありえないって？　わたしもそう思います。それでもわたしは外に出なければならない。

ええ、ええ、わかりました、おとなしくしています、安心してください！　そもそもわたしの嘆き節やら錯乱やらを信じすぎない方がいい。計算ずくなんですから。さてそろそろ、あなたにご自分のことをお話しいただく番ですよ。わたくしの情熱に溢れんばかりの告白が、目的のひとつに達したかどうかを知りたい。というのも、わた

58　預言者エリヤ（註50も参照）は、火の馬に引かれた火の戦車によって天に運ばれたとされる（旧約聖書「列王記下」第二章十一節）。

しはいつも、話し相手が蓋を開けたら刑事だったというのを期待しているんです。そしてわたしは〈正しき裁き人〉の盗難に関与した疑いで逮捕される。それ以外では誰もわたしを捕まえられない、そうですよね？　その点この盗難事件は法に抵触するし、わたしは自分がその共犯者となれるよう万事取り計らってきました。それでわたしはこの絵を隠し持ち、見たい人に見せているのです。あなたがわたしを捕まえてくれたら、素敵な行く末の始まりとなります。たぶんわたしは引き渡されて、たとえば首をギロチンで切り落とされる。わたしはもう死ぬのを怖くは思わないでしょう、救われるのですから。その時は集まった群衆の上に、血の滴《したた》るわたしの首を高々と掲げてくださいね。彼らがそこに自分の姿を見出せるように、そしてわたしが代表として、再び彼らを見下ろすことができるように。その時すべてが終わるだろう。誰もいない荒野を頑なに離れず叫び続ける偽預言者としての生涯に、気づかれぬまま終止符を打つことができるはず。

しかしながら、当然あなたは刑事ではない。そう簡単にいくはずがない。え？　これはこれは！　そうではないかと思っていたんですよ。あなたに感じていたこの不思議な愛着には、やはり意味があったわけだ。あなたはパリで、弁護士という素晴らしい職業についていらっしゃる！　わたしたちはきっと同類だとわかっていましたよ。わたしたちは同じだ——ひっきりなしに、誰に宛てるでもなく、いつでも同じ問題と向き合って喋り続ける。もう予《あらかじ》め答えはわかっているというのに、そうでしょう？　さあさあ、どうかお話しください、お願いしますよ。いつかの晩、セーヌ川の河岸通りであなたに何があったんですか？　あなたはどうやって人生を棒に振らずに済んだのですか？　何年もの間、毎夜わたしの頭をぐるぐると回り続けるあの言葉を、どうかあなたから口にしてくれませんか？　そうしたらわたしはあなたの口を通してついに言えるんだ——「おお、うら若き娘よ、もう一度水の中に飛び込んでくれ！　そうすればわたしは今一度、わたしたち二人ともを救い出す機会が持てるんだ！」今一度ですって、軽はずみなことを言うものですねえ！　ねえ弁護士の先生、鵜呑《うの》みにされたらどうするんですか？　本当にやらないといけなくなりますよ。おおブルブル……水は冷たいでしょうなあ！　しかしご安心を！　もう遅すぎるんです、今となっては、そしてこれからもずっと手遅れのままです。幸いなことに！

解説

前山悠

お世辞にも単純明快とは言いがたい代物であるため、まずは構造と内容の整理から試みたいと思う。

この小説は、オランダのアムステルダムに住むフランス人ジャン゠バチスト・クラマンス（本名ではないらしい）が、バー「メキシコ・シティ」で知り合った同郷人を相手に、五日間にわたって繰り広げた説話からなる。五日間の各日で話は区切られ、四日目のみさらに前半と後半に分けられる。そのため全部で六つの章に区分されていることになる。

各章での話題について、話好きなクラマンスの意向に添わないことは重々承知しながらも、本筋のみをなるべく直線的に示してみるならば、以下の通りとなる。

一日目（バー「メキシコ・シティ」～その帰り道）

クラマンスは元々パリで弁護士を務めていた。現在はアムステルダムで「告解者にして裁判官」という職務を果たしている。

二日目（バー「メキシコ・シティ」）

「告解者にして裁判官」とは何かという話の前置きとして、クラマンスはパリに住んでいた頃について語り始める。弱者を守る弁護士としての輝かしい活躍。善行に喜びを覚える毎日。周りからの崇敬。その栄光の日々は、ある晩、ポン・デ・ザールの上で得体の知れない笑い声を聞いた瞬間から暗転し始める。

三日目（アムステルダムの街中の散歩）

謎の笑い声を耳にして以来、衰弱が始まる。それまでの自信を失い、自らに疑念を抱くようになる。自分が重ねてきた善行の裏には、自惚れと自己愛（すなわち弱者の救済によって満たされる自己顕示欲）しかなかったのではないかと落ち込み出す。そうして過去を顧みるようになり、恥じ入らざるをえないような記憶を次々と発見していく。とりわけポン・ロワイヤルで、川に落ちた女性の叫び声を耳にしながら、助けようともせずに立ち去った記憶。

四日目前半（マルケン島）

自分が誇れるような人間ではなく、むしろ人から裁かれる（断罪される）弱みを抱えていると自覚した瞬間、周りの皆から嘲笑・非難されているように感じ始める。自省に沈むようになり、己の内なる二面性に気づく。つまり美徳の人と見なされてきた裏で、自分にどれほど悪意や無関心や欠点が潜んでいたかを思い知る。この裏の顔を隠すのは嘘をつくに等しいことであり、そのような嘘つきのままでいることはできないという強迫観念に苛まれる。やがて決壊の時が訪れ、クラマンスは自らの裏の顔を露悪的にさらし回るに至る。しかしそれでも罪の意識からは逃れられない。結局のところ、ただ自分の罪深さを自覚し、それを開き直って示すだけでは不十分なのだと悟る。

四日目後半（マルケン島から戻る船の上〜陸に着いてからの帰り道）

罪の意識から逃れることに失敗したクラマンスは、淫蕩に耽《ふけ》るようになる。つまり娼婦に溺れ、あわせて酒にも溺れる。仕事も満足にできなくなるほど身を持ち崩したが、感覚の鈍化と引き換えに、苦悩を感じる力さえも失う。それで一時、快気を確信。しかしながら、その祝いのつもりで出発した船旅中、海面上で目に入った黒い点が溺死体に見えたことにより、溺れる女を見捨てたかつての罪からは決して逃れられないのだと思い知る。ならば後は他者から断罪され、狭い牢獄（例えば「不弛緩室」）で膝を抱えるかのようにして生きるのみと思われたところで、クラマンスはいよいよ、解決策を発見する。重要なのは、自分が裁かれるのを防ぐために先回りして他者を裁いてしまうことであり、それを可能にする方法こそがすなわち、「告解者にして裁判官」たることである。

五日目　クラマンスの部屋

「告解者にして裁判官」の仕事は、自分の抱えている罪の意識を万人に共有させることにある。そのために、まず自分の罪を他者に向かって告白する（すなわち告解者となる）。自分という人間をあらゆる角度から非難してみせる。ただし話は脚色し、聞き手を含む万人に普遍的に当てはまるものとして作り上げる。つまりクラマンスが告解する罪は、誰にとっても多少なりとも身に覚えがある。だからそれを聞いた者たちは誰もクラマンスのことを断罪できないし、むしろ今度は自らが告解する側に回るよう促されるだろう。この時、クラマンスは前もって己の罪を自覚し、いち早く告解したという点で優位に立っている。我々は皆同様の罪を有しているはずだと告発し、裁く立場にある（すなわち裁判官となる）。かくして告白から告発に移ることで、「告解者にして裁判官」の職務は完成する。クラマンスは、同じ穴の狢《むじな》であるはずの聞き手に、あなたにも同じような罪があるんじゃありませんかと迫ることができる。

以上、さしあたりの概略とさせていただきたい。ポン・デ・ザールで聞こえたという謎の笑い声は、現象としては不可解であるけれども、効果としては明白であり、それまで万能感の中で生きてきたクラマンスに、「自分は実は嘲笑われるような人間なのかもしれない」と疑心暗鬼に陥らせる。要するに栄光からの「転落」を招くトリガーである。そしてこの物語におけるもう一つの「転落」――ポン・ロワイヤル上から川に落ちた女性のそれ――が、追憶として過去から蘇り、クラマンスの失墜を不可逆的なものとする。小説『転落』は、ひとまずそのように基礎情報をまとめることができる。

クラマンスが構築した「告解者にして裁判官」という方式は、卑近で粗略なたとえをお許し願えるなら、以下のごとき論法になぞらえることができる。

①万引きをした罪悪感から逃れられない。

②だから堂々とその罪を告白する。自白の勇気が認められる。

③誰もが人のものを了解なく奪った後ろめたい過去くらいはあるだろうから、今度は他者に対し、自分と同じくその罪を認めるよう追及できる。

そして自分は裁かれることなく裁く立場に立つ。この方式自体はそれなりに単純なのだが、クラマンスの手段には「万人に当てはまりそうな罪人像」を可能な限り精妙に描き出し突きつけることが含まれているので、多くの者が共感性羞恥に陥りそうな挿話がこれでもかとばかりに潤沢に織り込まれていく。結果、彼の話は紆余曲折する。

典型的な例は三日目に見られる。ポン・デ・ザールで笑い声を耳にした後、己を省みるようになったクラマンスは、自分に過去の記憶が蘇っていくのを感じたという。ところが、そう話す彼は、すぐには記憶の内容を明かそうとしない。まずはそれ以前の何もかも無頓着に忘れ去っていった頃を自嘲気味にひとしきり語る。そのような自分にひとつの重大な記憶が蘇った、という当初の話題に戻ったかに見せかけ、今度は同時期に思い出された別の出来事について話したいと言い出す。それは車の信号待ちの際、公衆の面前で殴られ、クラクションの嵐を浴びせられながら、何もできずにすごすごと引き下がることになり、怨恨に歯嚙みしつつ、怨恨に燃える自分の醜さも痛感するという苦い思い出である。その後いよいよ重大な記憶の話に取りかかってくれるかと思いきや、また別の思い出についても打ち明けておきたいと言う。すなわち女性関係にまつわる過去である。引く手あまたながらも身勝手だった自分を、やはり自嘲気味に語る。クラマンスがようやく核心の記憶、すなわちポン・ロワイヤルから川に落ちた女性の話を始めるのは、こうした回り道をすべてたどった後、しかも「脱線に脱線を重ね、頭をひねって作り話まで混ぜて」(八九頁)先延ばしにしてきたと自ら認めた上でなのである。もちろん、より大局的には、初日に「告解者にして裁判官」というキーワードが提示されてから、最終日の最終盤にその内容が明かされるまで、さらにおびただしい脱線が重ねられながら、万人の肖像が克明に描き出されていったということになる。

クラマンスが語る罪と恥はヴァリエーション豊かであり、実際人間の後ろめたさにはそれなりの多様性があるだろう。一方、彼はより普遍的に万人に備わった性質も指摘している。つまり、他者を裁くことへの執着である。これについてはおそらく、『転落』が書かれた一九五〇年代よりも、今日の方が想像しやすい。SNSによって築かれた相互監視体制の下、世の中は警察か裁判官だらけである。その意味で『転落』は、まったく古びず色褪《あ》せないどころか、むしろ現今の社会でこそ如実に伝わる迫真性を持つと言える。ただし、作者カミュは、もちろんそうした普遍性を意識していたとはいえ、発端としてはもっと個人的な、当時に特有の事情でこの小説に着手している。その経緯に以下で触れたい。

カミュ＝サルトル論争

『転落』から遡ること五年前、一九五一年、カミュは哲学的エッセイ『反抗的人間』を発表した。この一冊は、同じく時代を代表する作家で、しばしば盟友として扱われ、実のところ既に政治意見の相違が隠せないものとなっていたジャン＝ポール・サルトルとの間に、終生の絶交にまで至る大論争を巻き起こすことになる。

この通称カミュ＝サルトル論争（あるいはサルトル＝カミュ論争）は、ごく端的に言えば、冷戦時において、社会主義勢力なかんずくスターリン統治下のソ連に対してどのような態度を取るかをめぐる決裂だった。スターリンを恐怖政治の独裁者として告発するカミュは、『反抗的人間』において、暴力革命による大量殺人や強制収容所（当時ソ連におけるその存在が指摘され始めていた）での弾圧を招く思想として社会主義そのものを危険視し、理想社会の達成という歴史的大義を謳《うた》って個人の生命と自由を犠牲にすることは許されないと訴えた。これに対し猛反発したのが、社会主義寄りのサルトルおよびその一派、いわゆる「実存主義者」たちだった。彼らによれば、不当な弾圧は当然看過すべきではないにせよ、それは社会主義特有の悪ではない（つまり、弾圧は社会主義国以外でも起きる）。そしてサルトルらは、社会主義は依然として目指されるべき有効性を持つという立場を守った上で、そもそもカミュは抽象的なモラルをあれこれ唱えはするものの、貧困や不平等といった現実問題の解決に向けてなんら具体的な指針を示そうとしていないと痛烈に批判した。結果この論争は、カミュが論戦巧者のサルトルに完膚《かんぷ》なきまでに打ち負かされた、という印象を世に残した。

当時最大級の影響力を持つ作家二人の争いということで、この論争には世界的な注目が集まっていた。その衆目の前でカミュは敗北者となった。この状況は少しばかり、『転落』において、クラマンスが信号待ちの公衆の前で殴られ、何もやり返せず引き下がる場面を思い出させる。引き下がるクラマンスに対しては、殴った本人から「無様なやつめ」と罵声まで浴びせられるのだが、この点も論争との重なりを感じさせる。つまり、政治論戦は人格攻撃にまで発展し、カミュはサルトルから紙面上で人間性まで否定されるような非難を受けた――「今までは君の陰湿な思い上がりと傷つきやすさが混ざった態度に遠慮して真実を何もかも伝えるというわけにはいかなかった」「君の本がただ、君の哲学上の無能を証明しているだけだとしたら?」「君は私たちの間では、もはや半分しか生きていない」等々。

嘲笑を思わせるサルトルの物言いは、笑い声を不意に聞いてしまったクラマンスと同様の状況にカミュを陥れる。つまり、それまでの栄光からの転落である。万人の見つめる中で敗北者の烙印《らくいん》を押されたのみならず、人格まで否定されたショックは、長らくカミュを蝕むことになった。『異邦人』と『ペスト』で声望を極めた英雄的作家は、ほとんど執筆不能に陥った。そしておそらくその不調は生活全体まで損なうものだった。当時のカミュの手帖（死後『カミュの手帖』として刊行、以後『手帖』）には、次のようなメモが残されている。

人間は、どうやって生きればいいかを徐々に学んでいく。しかしあるがままに人生を送ってきた私には、どうやって生きればいいかが徐々に分からなくなってしまった。そして今や、私の行動と思想のひとつひとつが、他人の苦痛や不快を増し、私自身のそれも増し、この世界の重苦しさを一層耐え難いものにしている。最初は、この世界をあれほど楽しんでいたのに。

この状況もやはり、笑い声を聞いた後のクラマンスに重ね合わせることができる。「どうやらよく知っていたはずのものがわからなくなってしまっていました、それは一度も学習したことはないけれど、最初から熟知していたはずのものでした――どうやって生きればいいのか、ということです」（五八頁）。

かくしてサルトルら実存主義一派との論争をめぐるカミュの実体験は、のちの『転落』に様々に反映されることになる。しかし、中でも最も根源的な要素としては、この論争を通じて植えつけられた「他者に裁かれる」ことへの恐怖を挙げるべきだろう。カミュは『手帖』に「人間にとって最も耐え難いのは、裁かれることだ」と書き残しており、実際、論争において主義主張のみならず人格まで否定されることは、一個の人間として裁かれたかのような意識になるものと想像しうる。そして裁いた側である実存主義者たちについては、カミュは同じく『手帖』にこう書いている。「実存主義。彼らが自分の罪を告白するのは、常に他人をこきおろすためであると考えて間違いない。告解者にして裁判官ども」（傍点引用者）。こうして来たるべき小説のテーマが浮かび上がり、やがて執筆不能のブランクは打ち破られることになる。

クラマンスの構成要素

つまりクラマンスという人物像のモデルは複合的なものであり、そこには裁きに打ちひしがれたカミュの姿と、裁きを下す「告解者にして裁判官」たる実存主義者らの姿とが接合されている。ただし根本をなすのはやはり、カミュ当人の特徴であるように思える。栄光からの転落と裁きへの恐怖の問題を別にしても、クラマンスとカミュの間に見られる共通点は多い。四十代という年齢（カミュは『転落』発表当時四十三歳だった）、華麗なる女性遍歴、閉所恐怖症、演劇とスポーツの愛好、無頓着な忘れっぽさ、女をめぐっての殴り合い、ギリシャ好き、イタリア好き、接続法好き、アインシュタイン嫌い（原爆の使用を批判したカミュは、その開発に関わった科学者を嫌悪していた）、幾度かのレジョン・ドヌール勲章の辞退、家や車に鍵をかけない習慣。

この人物像に弱者を救う弁護士という経歴を与えたことについては、おそらく、論争においてサルトルから貧者の味方気取りとして次のように揶揄されたことが影響している。「君は、『彼らこそ私の兄弟であります』と言いさえすれば陪審員を涙ぐませる名文句になると思っている弁護士だ」。あるいは、妻フランシーヌがカミュに伝えたとされる不満も関連するかもしれない――「あなたはいつもみんなのために弁護の最中。でもそのあなたに、自分に向けられた叫びが聞こえているの？」（オリヴィエ・トッドによる伝記『アルベール・カミュ〈ある一生〉』、有田英也・稲田晴年訳を参照）。この訴えは切実なものであり、フランシーヌは『転落』に先立つ一九五三年夏から、重い鬱病にかかっていた。自殺を図るかのように、二階の窓から飛び降りたこともあった。それでもカミュは他の女性との関係を止め、真摯に妻と向き合おうとはしなかった。「自分に向けられた叫びが聞こえているの?」というフランシーヌの嘆きは示唆的である。要するにカミュは、川に落ちた女性の叫びを無視することになるクラマンスと同様に、病に沈み飛び降りを図るフランシーヌの声と向き合わなかった。弱者のための弁護士かのごとく振る舞いながらも、目の前で溺れる女性を救うことはなかった。カミュがクラマンスに先立ち、他人から裁かれうる弱み、後ろめたさ、罪の意識を抱えていたと見なしうる所以《ゆえん》である。

こうしてカミュ本人から抽出された素材に、他方から、実存主義者らの要素が添加される。それは「告解者にして裁判官」としての性質であるため、裁きを恐れるクラマンスが自身を救い他者を従える方式をついに会得した状態に当てはまる。クラマンスにとっては進化だが、おそらくカミュにとっては、おぞましい堕落として描いた姿だろう。問題となっているのは、サルトル一派を含む当時のブルジョワ出身の左翼知識人に典型的な論法だったと思われる。その種のインテリは、まず原則的に社会主義思想にもとづいて貧民および労働者階級を擁護し、その権利を代弁する。この点で、彼らもまた弁護士的な性格を持つ。しかしながら、そもそも彼ら自身がブルジョワという支配階級に属している以上、平等なる社会の達成を志すならば、どうしても自らの特権・財産所有・搾取を自己批判しなければならなくなる。つまり、「このように特権を享受する私は間違っている」と表明する「告解者」となる。そしてこの反省が済めば、今度は同じように自己批判しないブルジョワたちを非難する側に回ることができる。つまり、「このように特権を享受する私たちは間違っていると思え」と宣明する「裁判官」となる。だからカミュが『手帖』に書いていたように、「彼らが自分の罪を告白するのは、常に他人をこきおろすためである」という見方が生じる。『転落』でクラマンスがしばしばブルジョワを槍玉に挙げるのは、そうした左翼インテリの傾向が反映されていると言える。そしてブルジョワは、クラマンスが普段からバー「メキシコ・シティ」で自分の話を聞かせようとつけ狙う直接的なターゲットでもある。彼は最終日に、「わたしは殊更ブルジョワを、ブルジョワが迷い込んでくるのを待ち構えています。ブルジョワを相手にしてこそ、わたしの真価が存分に発揮される」（一七一頁）と明かすが、既に初日における自己紹介の時点で、相手がブルジョワであることに強く反応している。そして直後にクラマンスは二つ質問をする。財産はあるか？　それを貧民と分かち合ったことは？　これらの問いは、以上の背景をふまえれば、極めて単刀直入な社会主義思想上の尋問である。また、彼が自分もかつては裕福だったが何も分かち合ったことはなかった、と明かしている時点で、最早その告解は始まっている。

もちろんクラマンスは社会主義者そのものとして登場しているわけではないので、小説上、左翼思想の表現はあくまで暗示的なものである。しかし量は多い。多彩である。クラマンスが示唆する（あるいはカミュが揶揄する）平等と共有の概念は、財産のみならず、苦悩や罰のそれにも及んでいる。例えば彼が二日目に話す、投獄された友人のために部屋の床で寝る男のエピソードは、まさしく自分だけ安寧を享受することを拒否し、不自由を他者と共にする精神を示している。ただしクラマンスは、こうした自己犠牲を伴う平等が、友情などではあまねく実現しないことを知っている。彼の言うところ、人々の理想的な結束を達成しうるのは唯一、奴隷制である。名目上のみ自由民と呼ばれながら、皆が笑顔で権力に隷属する社会制度である。その提唱は既に三日目から始まっているが（「奴隷制度、より正確に言えば笑顔での隷属、これはどうしても不可欠なものなんです」六二頁）、最終日にはより決定的な唱導が見られる（一六八頁）。

肝心なのは、もう自由であることをやめ、悔い改めて、自分よりもしっかりとあくどい人間に服従するということです。我々が全員揃って罪人として生きる、それでこそ民主主義は成立するのです。ねえあなた、死ぬ時はひとりなのですから、その埋め合わせのためにもなおさらですよ。死は孤独でも、隷属は皆一緒です。他の者たちも各々ひどい目にあいます、皆一緒にです、それが大切なんです。ようやく万人がひとつに団結できるんです、ただし膝はついて、頭《こうべ》は垂れて。

「告解者にして裁判官」が願う理想郷を、カミュはそのような地獄として描き出す。それは間違いなく、カミュが思い描く社会主義のディストピア、より具体的には、スターリン恐怖政治下のソ連の寓話的な姿だろう。そして実存主義者らにまつわるカミュ個人の苦々しい体験をふまえれば、その社会は政治制度上の問題にとどまらず、万人が非難され、人格を否定され、罪人として扱われる、より広い意味での嗜虐《しぎゃく》的な地獄でもあるだろう。

裁き人・洗礼者・預言者・救世主として

その地獄が生み出される舞台として、あるいはクラマンスが言うところの「ブルジョワの地獄」(二四頁)になる場所として、オランダのアムステルダムが設定されているのは周到だと言える。街中に運河が走っているのはがんじがらめに縛られた奴隷に見立てられるし、その河川が同心円状に連なっているのはダンテ『神曲』における地獄の形状と重なる。多くの土地は海面よりも低く位置し、これも地底を思わせる。実際、カミュは『転落』執筆に先立つ一九五三年十月、オランダに三日間だけ滞在し、非常に暗く沈んだ地という印象を抱いたらしい。いつまでも晴れぬ霧、人々の陰鬱そうな顔、どことなく不吉な空気。ハーバート・ロットマンの『伝記アルベール・カミュ』(大久保敏彦・石崎晴已訳)によれば、カミュは感想として、「アムステルダムを醜悪な町だと思った、そこに居るというただそれだけでもう、一つの懲罰となっているのだ」とまで語ったらしい。さらにクラマンスの言うとおり、ヨーロッパ中からブルジョワのやってくる場所でもあるならば、これは彼らを裁く地獄としてうってつけの舞台だということになる。

このオランダという地理条件は、『転落』のささやかな警察小説的要素にも寄与している。すなわち、バー「メキシコ・シティ」の壁を経由してクラマンス家の戸棚に行き着いた絵画〈正しき裁き人〉は、史実上、隣国ベルギーのオランダ語（フラマン語）圏にある聖バーフ大聖堂から盗まれたものである。この絵は、ファン・エイク兄弟作の祭壇画《神秘の子羊》を構成する十二枚のパネルのひとつをなすものであり、同じくパネルの一枚である〈洗礼者ヨハネ〉とともに、一九三四年四月十日の夜間に盗み出された。小説内では言及されていないが、〈洗礼者ヨハネ〉はすぐに発見、回収されている。一方〈正しき裁き人〉は、犯人とともに今日に至るまで見つかっておらず、聖バーフ大聖堂には代わりに複製が置かれている。そして小説では、オリジナルはクラマンスが隠し持っている、という次第である。多くの示唆をはらむ設定ではあるが、さしあたり実存主義者らとの関連で言うならば、文字通り、正しき裁き人はもはや隠され世にいないのだという意味で理解できる。後には、悪しき裁き人として「告解者にして裁判官」が猛威をふるう。

隠されず、表に出され続けている方、つまり洗礼者ヨハネの姿は、人々に面するクラマンスにそのまま重ね合わせることができる。クラマンスのファースト・ネームである「ジャン＝バチスト」は、フランス語で「洗礼者ヨハネ」を意味する。また、「クラマンス」は「叫ぶ」を示す語に由来しており、これもヨハネが福音書で「荒野で叫ぶ声」(荒野で教えを説く者)と形容されていることにつながる。かくたる「ジャン＝バチスト・クラマンス」は、本名ではなく仕事用の名前らしいが、それゆえに「告解者にして裁判官」という職務との調和を強く感じさせるかもしれない。というのも、四日目、クラマンスは船での旅行中に海面上の黒い点を溺死体と見間違えた件で、その背景となる川に落ちた女性を見捨てた原体験を、「洗礼」(一三四頁)と呼んでいる。つまり川の水を媒体として罪の意識が宿ったことをそのように表現しているのである。とすれば、彼が「告解者にして裁判官」として、ブルジョワたちに同じく罪の意識を植えつけていく営みは、まさしく「洗礼者」のそれだということになる。ラストシーンで、クラマンスが自らの水の原罪そのものを聞き手になすりつけようとしている有様は、彼が行う呪いの洗礼を端的に表していると言える。

キリスト教の宗派や聖書の解釈によるが、洗礼者ヨハネは、旧約聖書に登場する預言者エリヤの再来とも見られることがある。そのためクラマンスにはこのエリヤの特徴も混ぜ込まれる。例えば、ラクダの皮で作ったぼろぼろの服を着ていたり（一八頁）、人差し指を中空に立てるポーズを取ったり（一四六頁）というのは、典型的なエリヤの図像的イメージである。そしてこの預言者というテーマもまた、カミュと実存主義者らの対決に、そしてその双方の誹謗《ひぼう》に由来するものである。すなわち、カミュは先の論争において、超然たる高みから尊大さと傲慢さをもって語る預言者だと揶揄され、一方彼も彼で、「自分自身を非難しながらその実他人を非難している」者たちをやかましいだけで何の未来も示さない「ちっぽけな預言者」と呼んでいる（一九五六年八月三一日『ル・モンド』紙におけるインタビューにて）。したがって、クラマンスにあてがわれた預言者像には、攻撃されたカミュの自嘲の念と、論敵に対する怨念とが、混ざり合っていると言えるかもしれない。

もちろんクラマンスは、裁き人としても洗礼者としても邪悪であるのと同じように、預言者としても何ひとつ聖性を帯びていない。旧約聖書のエリヤは大地を潤すために雨を呼ぶけれども、対してクラマンスが降らすのは人々への「呪詛の雨」（一四六頁）である。そして彼は、自らがそのような「偽預言者」（一八〇頁）だということを自覚している。だから彼は自分の正体に気づかれないうちに、絵画盗難事件に関与したという罪状で――〈正しき裁き人〉の地位を簒奪《さんだつ》した自尊心とともに、あるいは大聖堂という権力装置から占有財産を奪った左翼的革命精神とともに、なんにせよ自分が抱える欺瞞以外の罪でもって――処刑されることを望む。それは彼がひどく恐れてきた裁きとは違う。彼の言う裁きは、罰を受けることと同義ではない（「ただの懲罰なら、無実である余地は残る」、九八頁）。彼が怯えるのはひとえに、自分という人間が否定されることなのである。だから「偽預言者」だと気づかれてはならない。その裁きを受けて生きるくらいなら、何かの罰で死んだほうがましだということだ。

処刑方法として想定されているギロチンは、リアリズムの表れでもあって、フランス人であるクラマンスはおそらくフランスで処罰されるだろうし、そこでの死刑は伝統的に斬首である。そのため『異邦人』のムルソーに適用される処刑法でもある。そして、サロメの願いで首を切られた洗礼者ヨハネと同じ死に方でもある。しかるにクラマンスが想像する死において再び預言者と洗礼者が重なり合うと言えるが、そこではもうひとつ、キリストのイメージも混ざり込んでいるように思える。クラマンスはあたかも十字架で掲げられるかのように処刑台の上で人々を見下ろしながら、あたかも皆の罪を背負うかのように「代表」として死んでいこうとしている。それで「すべてが終わるだろう」（一八〇頁）と言う彼は、キリストが臨終に口にしたとされる「すべてが終わった」という言葉をなぞっている。そのようにしてクラマンスは救世主として死んでいくことを夢想している。無論それは、裁き人・預言者・洗礼者としての彼の欺瞞を覆い隠すための、さらなる虚飾に他ならない。

その救世主像が張りぼてに過ぎないことは、直後のラストシーンで自ずと示されるだろう。結局のところ女性を見捨てた罪の意識から逃れることなどできていないクラマンスは、聞き手にその罪悪感を共有させ、「うら若き娘よ、もう一度水の中に飛込んでくれ！」（一八一頁）というおぞましい本音をも分かち合おうとする。そうすれば、娘だけでなく自分自身も救われる機会が得られるのだと。だがそれに続く彼の最後の言葉――「しかしご安心を！　もう遅すぎるんです、今となっては、そしてこれからもずっと手遅れのままです。幸いなことに！」――から察せられるのは、おそらくクラマンスは、実際に人を救うために冷たい川の水に飛び込む意欲など持ち合わせてはいないということである。彼は他人のために自分を犠牲にできない。にもかかわらず他方では、あたかも万人の代わりに死んでいく救世主のごとき自分を思い描いている。

このラストシーンは、「告解者にして裁判官」としての彼の卑劣さが最も露骨に表れ出た瞬間でもある。クラマンスは、女性を救おうとしなかったことを後悔している。もしもう一度その場面に戻れたら、と思わずにはいられない。とはいえ、それでも自分は川に飛び込むまいということもわかっている。その上で、彼は告解をする。つまり罪を改めようとする気概などないにもかかわらず、便宜的に告解はする。それもすべては、自身が断罪から逃れ、裁きを他者に撒き散らすためである。

実存主義者たちを下地とした「告解者にして裁判官」の姿は、以上のように洗礼者・預言者・救世主（のまがいもの）としての性質を加えながら、多少なりとも下卑た人間像として描き出されている。「実存主義者たち」と言ってきたが、もちろんカミュの念頭に置かれていたのは、彼が『手帖』に「人間性も精神も卑劣」とまで記した、サルトル御大だったはずである。実際、『転落』は下書きの状態においては、サルトル個人を標的とした当てこすりが相当多かったらしい。それらは最終的に大幅に削除あるいは婉曲化されたが、それでもきわどい名残《なごり》はある。例えば四日目後半に示される「年増の娼婦と上流のお嬢様」（一二九頁）との三角関係は、サルトルにまつわる実話を下敷きにしているとされる。他にも、ここでは逐一挙げないが、論争におけるサルトルの発言を茶化していると見られる箇所は非常に多い。

先述のとおり、「告解者にして裁判官」に成り果てる以前のクラマンスは、むしろカミュ自身を素材とするところが多い。そこに不倶戴天の仇敵《きゅうてき》たるサルトル一派の要素を足すというのは奇妙に思えるが、そこで接合された他者を裁く人間像は、裁きを恐れるカミュにとって、ともすれば自分の延長線上にある姿、しかしながら決してなるべきではない姿を示していたように思える。そのようにして『転落』という小説では、極めて皮肉に満ちた形であるにせよ、かつて決別したカミュとサルトルという両雄が、クラマンスという人物の中で再び邂逅《かいこう》するのである。

現代人の肖像として・聞き手について

以上、カミュ＝サルトル論争を背景とした理解を試みてきたが、無論、これが『転落』を読む唯一の手段というわけではない。必要な手段でもないし、おそらく重要な手段でさえない。当時であれ今日であれ、フランス本国であれ他国であれ、この小説の読者たるものすべからく論争のディテールまで熟知すべしという条件などありえないからである。結局のところ、『転落』にとってこの論争は、下地ではあれ本体ではない。クラマンスにカミュとサルトルを透かし見ることは常に可能だが、そうしなければ彼はつまらない人物であるというわけでもない。要するにカミュ＝サルトル論争と関係なく、『転落』は優れた小説として読まれうる。だからこそ、自分が槍玉に挙げられていることに気づかなかったはずがないにもかかわらず、「訳者まえがき」で触れたとおり、サルトルはこの作品をカミュにおいて「最も美しい」と評すに至る。サルトルがそう述べたのは、一九六〇年、カミュの早すぎる死——交通事故死——に際しての追悼文だったが、『転落』は彼がそこで言及した唯一の作品名でもある。それほどまでの称揚は、この小説に自分達の争いや個人的事情のみに還元されえぬ普遍的価値を見たのでない限り、考えづらいものだと言える。

「最も美しい」と同時に、サルトルは「最も理解されていない」とも言った。『転落』は刊行当初からよく売れ、好意的な書評も多く書かれたが、一方でカミュは、自分の狙いが十分理解されていないことを嘆いていたらしい。サルトルは何が、何が理解されていないかについて何も説明していないが、それはカミュが考えていたものと同じだったかもしれない。つまり、クラマンスの人物像は彼ら二人から素材を得ながらも、究極的には、現代人全体の肖像として描き出されている。カミュは『手帖』に、「『転落』に解説を。なにしろ理解されていないのだから」と書いた上で、「あれは現代人の態度と、あの奇妙でいやらしくも俗っぽい罪の自責に形を与えたものだ。嘲笑的に」と残している。また別のメモには、「我々は皆、告解者にして裁判官に囲まれて生きている！」とも書いている。したがって、実存主義一派に見られる「告解者にして裁判官」の性質は、ある程度現代人の誰しもに共通したものとされていることになる。ひいては、そうして生まれたクラマンスという人間性そのものも。クラマンスはそもそも、罪の意識を敷衍《ふえん》すべく、当初から万人に当てはまりそうな話を心がけているわけだから、その共通性を強調するに非常に熱心である。彼が「記憶を掘り起こせば、似たような過去のひとつやふたつ、あなたにも見つかるんじゃありませんか」（八五頁）だとか、「あなただって腹の中では同じですよね」（一四五頁）だとかいちいち確認する時、その「あなた」は聞き手のみならず、現代人たる読者も指している。彼が「わたし」ではなく「我々」と言う時、それはまさしく我々をも巻き込んでいる。彼が「我々はいつでも誰かを裁いてやろうと手ぐすね引いている」（九八頁、傍点引用者）と言う時、我々はおそらく多少なりとも思い当たる節がある。

そしてこの「あなた」と「我々」に取り込まれる感覚は、否応なしに、クラマンスの語りが直接地の文として置かれた『転落』独特の形式によって著しく増強される。それで読者は、あたかもクラマンスに直接語りかけられているかのような、まるで自分が彼の聞き手であるかのような印象を受ける。その印象はとりもなおさず、次の仮説につながる——フランスからやってきた同郷人たる聞き手など、初めからいないのではないか？　つまり、すべてはクラマンスの独り言であり、その「あなた」は——典型的な現代人としてであれ——空想上の存在にすぎないのではないか？　そして我々読者は、その空虚な「あなた」に、うっかり自分の身を当てはめてしまっているのではないか？

この仮説に決め手となる根拠はないし、何事もある程度曖昧にしておくことは、この小説におけるカミュの方針だったろう。ただし、それなりに有効な仮説のまま保っておくに十分な裏づけは見つかる。初日にしてクラマンスは言う。「わたしはそうやって幾晩も幾晩も歩き回り、夢想にふける、もしくは、延々と自分との対話を繰り広げる。そう今晩のように」（二二頁、傍点引用者）。あるいは、ラストシーンで示される、聞き手がパリ出身の弁護士だという点。これも想像上の相手に自分自身の属性と過去を投影しているだけでは？　そのような疑いを深めやすくする操作がなされたことは、『転落』の下書き原稿からわかる。カミュの構想では、聞き手の職業は当初、〈正しき裁き人〉盗難事件を捜査するベルギーの警察官である予定だった。これが次のヴァージョンではパリから来た少年係判事に変わり、そして最後に弁護士に落ち着いたことになる。

こうしてクラマンスは聞き手との類似性を強め、ともすれば鏡面性に達する。その時彼の目の前には誰も存在せず、水鏡に映った己に興奮するナルシスのように、自分自身との対話に夢中になっているのかもしれない。しかしカミュが作り上げた語りの形式は、それにとどまらず、実はクラマンス自身が鏡として、我々現代人の姿を映し出すようにも仕組まれている。『転落』はそのようにして、カミュが過去の政治論争をふまえ、打ちひしがれた懊悩《おうのう》も、己の罪の意識も糧とし、普遍的な問題の提示へと――大いに幻惑的な方法で――到達した、文学による昇華の見事な一例と言える。

《主要参考文献》

アルベール・カミュ、『カミュの手帖［全］』、大久保敏彦訳、新潮社、一九九二年。

アルベール・カミュ、ジャン＝ポール・サルトル、フランシス・ジャンソン、『革命か反抗か―カミュ＝サルトル論争』、佐藤朔訳、新潮社、新潮文庫、一九六九年。

オリヴィエ・トッド、『アルベール・カミュ〈ある一生〉』（上下巻）、有田英也、稲田晴年訳、毎日新聞社、二〇〇一年。

ハーバート・ロットマン、『伝記アルベール・カミュ』、大久保敏彦、石崎晴巳訳、清水弘文堂、一九八二年。

中条省平、『カミュ伝』、集英社、インターナショナル新書、二〇二一年。

西永良成、『カミュの言葉　光と愛と反抗と』、ぷねうま舎、二〇一八年。

三野博司、『カミュ　沈黙の誘惑』、彩流社、二〇〇三年。

三野博司、『カミュを読む　評伝と全作品』、大修館書店、二〇一六年。

アルベール・カミュ年譜

※カミュの誕生日が一一月七日のため、見出しの年齢は
その年の誕生日を迎える前のもので表記しました。

一九一三年

一一月七日、当時フランス領だったアルジェリアの東端に位置する地中海沿岸の町モンドヴィ(現ドレアン)に生まれる。父リュシアン・カミュ、二八歳。母カトリーヌ、三一歳。リュシアンはワインの樽詰め職人だった。

一九一四年　〇歳

第一次世界大戦が勃発し、リュシアンは前線に動員される。残されたカミュの一家はアルジェに引っ越す。一〇月一一日、北フランスのマルヌの戦いで頭部を負傷したリュシアンは、ブルターニュ地方の軍事病院に運ばれて死亡する。

一九二一年　七歳

カミュ一家はアルジェのリヨン通りに転居する。母カトリーヌ、家政婦をして生計を立てる。強権的な支配者として振る舞う祖母(カトリーヌの実母)、四歳年上の兄リュシアン、聾唖《ろうあ》に近い叔父エティエンヌとの五人暮らしだった。

一九二四年　一〇歳

小学校の教師ルイ・ジェルマンに認め

られて特別補習を受け、奨学金試験に合格して、アルジェのグラン・リセ（高等中学）に入学し、路面電車で通学するようになる。

一九二九年　一五歳
母方の叔母アントワネットの夫であるギュスターヴ・アコーと親しむ。アコーはアルジェの中心街で肉屋を営む裕福な自由主義者で、大きな書庫をもっていたので、少年カミュはそこでアンドレ・ジッドはじめ多数の文学者の書物を読みふける。

一九三〇年　一六歳
秋、バカロレア（大学進学資格試験）の第一部に合格し、リセの最終学年である哲学級に進み、生涯の師となる哲学教師ジャン・グルニエと出会う。一二月、突然、喀血《かっけつ》し、結核と診断される。サッカーのゴールキーパーとして活躍していたが、その活動は禁じられ、しばらく入院生活を余儀なくされる。この宿痾《しゅくあ》は生涯完治することなく、カミュを苦しめる。

一九三一年　一七歳
結核療養のため、リヨン通りの実家を出て、アコー叔父の家に移り住み、食事療法として肉屋の叔父の提供する生肉やステーキを毎日のように食べる。一〇月、療養生活が功を奏し、リセの哲学級に復帰する。

一九三二年　一八歳
教師グルニエの関わる文芸雑誌「シュッ

ド（南）」に初めて何篇かのエッセーを発表する。

一九三三年　一九歳
このころ、眼科医の母をもつ一歳年下の娘シモーヌ・イエとつきあうようになる。この魅力的だがあまり評判のよくない娘を気に入らないアコー叔父と仲違いして、叔父の家を飛びだし、兄リュシアンの家に転がりこむ。
秋、結核の不安からパリのエコール・ノルマル・シュペリユール（高等師範学校）への進学を断念して、アルジェ大学文学部に入学する。

一九三四年　二〇歳
六月一六日、シモーヌ・イエと結婚。

一九三五年　二一歳
八月か九月、共産党に入党。
秋、演劇を志す仲間たちと「労働座」を結成し、共同執筆で戯曲『アストゥリアスの反乱』を完成する。

一九三六年　二二歳
春、ふたりの女友だちジャンヌ・シカールとマルグリット・ドブレンヌとともに、アルジェの高台に貸家を見つけて気に入り、ジャンヌとマルグリットはこの通称「フィッシュ屋敷」を借りて住む。妻のいるカミュもここを頻繁に訪れて交友を深める。これにもうひとりの女性、クリスティアーヌ・ガランドが加わる。
四月、『アストゥリアスの反乱』の上演がアルジェ市長の妨害で不可能になる。

五月、アルジェ大学に哲学の高等教育修了論文「キリスト教形而上学とネオプラトニズム　プロティノスと聖アウグスティヌス」を提出し、アルジェ大学を卒業する。

七月一七日、スペインで内戦が始まる。

七月から八月にかけて、妻シモーヌ、友人イヴ・ブルジョワとオーストリア、チェコなどをめぐる旅行をおこなう。この旅のさなかに妻シモーヌの不貞の証拠である手紙を発見し、シモーヌと別れることを決意する。アルジェに戻って以降、もはやシモーヌと暮らすことはない。

一九三七年　二三歳

五月、初の著書である短篇集『裏と表』を刊行。

このころ、共産党の植民地政策に反対して、党を除名される。

七月末、親友のフレマンヴィルと、フランスの南部やサヴォワ地方をめぐる旅に出るが、サヴォワの山小屋で喀血。その後、パリの万国博覧会を見物したあと、ジャンヌ・シカールとマルグリット・ドブレンヌと落ちあってイタリア旅行をし、九月にアルジェに帰る。

秋、将来の妻となるオラン市在住のフランシーヌ・フォールとつきあいはじめる。

一〇月、解散した「労働座」に代わって、「仲間座」を結成して演劇活動を続行する。

一九三八年　二四歳

一〇月、著作家のパスカル・ピアと出会い、ピアの編集する日刊紙「アルジェ・レピュブリカン（共和派アルジェ）」の記者となり、以後、様々な記事やルポルタージュを執筆する。

一九三九年　二五歳

五月、第二短篇集『結婚』を刊行。

六月、「アルジェ・レピュブリカン」紙上でフランスの植民地政策を激しく告発する。

九月三日、イギリスとフランスがドイツに宣戦布告して、第二次世界大戦が始まる。

九月、戦争反対の論陣を張るが、植民地総督府の圧力で「アルジェ・レピュブリカン」は発行停止に追いこまれる。ピアとカミュは「ソワール・レピュブリカン（共和派夕刊）」を創刊して言論活動を続ける。

一九四〇年　二六歳

一月、「ソワール・レピュブリカン」が発行停止処分。

三月一四日、ひと足先にパリに帰ったピアの招きで、「パリ・ソワール（夕刊パリ）」紙の編集者として働くべく、アルジェから海路でパリに出発する。

六月、ナチスドイツ軍の攻撃によるパリ陥落の直前、編集拠点をフランス中央部のクレルモン＝フェランに移転させる「パリ・ソワール」社の方針に基づいて、カミュはクレルモン＝フェランに向かう。

九月、リヨンに移転する「パリ・ソワール」編集部とともにリヨンに向かう。

一二月三日、リヨンに来たフランシーヌと結婚するが、まもなく「パリ・ソワール」を解雇される。

一九四一年　二七歳
カミュ夫妻はアルジェリアに戻り、オラン市にあるフランシーヌの実家のアパルトマンで暮らすが、カミュは定職に就けないまま、〈不条理三部作〉の小説『異邦人』、戯曲『カリギュラ』、哲学エッセー『シーシュポスの神話』を一応完成させる。

一九四二年　二八歳
二月、結核の再発。

五月、『異邦人』をガリマール社より刊行。以後のカミュの主著はほとんど名門ガリマールから出版される。

八月、結核療養のため、フランシーヌとともにフランスの中央山塊地方の小村ル・パヌリエに向かう。

秋、『ペスト』の執筆を始める。

一〇月、小学校の教員であるフランシーヌは新学期の開始によりアルジェリアに帰国する。

同月、『シーシュポスの神話』を刊行。

一一月一一日、ナチスドイツ軍がフランス全土を支配し、アルジェリアとの交通は遮断される。このため、カミュとフランシーヌは以後、フランス解放まで二年間の別離を余儀なくされる。

一九四三年　二九歳

一月、パリに行き、「パリ・ソワール」の同僚だったジャニーヌ・ガリマールと旧交を温め、ジャニーヌの紹介で女優マリア・カザレスと出会う。

六月、パリに行き、ジャン＝ポール・サルトルとシモーヌ・ボーヴォワールと知りあい、友情を育む。

一一月、ガリマール社で企画審査委員の職を得て、ル・パヌリエを去り、パリで暮らす。

一二月、ピアの導きでレジスタンス（対独抵抗運動）に参加する人々と接触し、非合法地下新聞「コンバ（闘争）」の編集と記事執筆をおこなうようになる。

一九四四年　三〇歳

三月、『誤解』の稽古が始まり、カミュは、主役マルタを演じる二一歳のマリア・カザレスと恋に落ちる。

五月、二篇の戯曲『誤解』と『カリギュラ』を合冊版で刊行。

六月二三日、パリのマチュラン座で『誤解』の初演。

八月二一日、「コンバ」がド・ゴール将軍の臨時フランス政府から合法発行の許可を得て、以後、カミュは署名記事で積極的に戦争とレジスタンスに関する論説を発表する。

八月二五日、パリ解放。

一〇月、パリに来たフランシーヌと二

年ぶりの再会。

同月、「コンバ」で対独協力者の粛清が必要だと主張し、それに反対する作家フランソワ・モーリヤックと論争が始まる。

一九四五年　三二歳

一月、死刑反対の立場から、対独協力作家ロベール・ブラジヤックの恩赦嘆願書に署名するが、ブラジヤックは死刑を宣告され、二月に銃殺される。

八月、広島と長崎に原爆が投下される。カミュは「コンバ」において原爆使用に反対し、「機械文明はその野蛮さの最終段階に到達した」と記す。

九月五日、フランシーヌが双子の娘と息子、カトリーヌとジャンを出産し、カミュはいきなりふたりの子の父親となる。

九月二六日、パリのエベルト座で『カリギュラ』の初演。ジェラール・フィリップが主役カリギュラを演じて大好評。

一〇月、戦争とレジスタンスを論じる書簡形式の批評集『ドイツ人の友への手紙』を刊行。

一九四六年　三三歳

三月一〇日、文化使節として海路でアメリカへ三か月もの講演旅行に向かう。ニューヨークのフランス大使館文化部長としてカミュを迎えたのは、まだ無名のクロード・レヴィ゠ストロースだった。

四月、人気カメラマンのセシル・ビートンに肖像写真を撮影され、その写真がファッション雑誌「ヴォーグ」の誌面を飾る。このとき「ヴォーグ」の手伝いをしていた二〇歳の女子学生パトリシア・ブレイクと恋に落ちる。

一一月、「コンバ」に発表した評論「犠牲者でもなく死刑執行人でもなく」で共産主義を批判し、サルトル、ボーヴォワールとの不和の原因となる。

一九四七年　三三歳

三月、ピアから「コンバ」の編集長を引き継いだものの、ピアと決裂し、六月には「コンバ」と絶縁する。

六月、『ペスト』を刊行。発売された週のうちに「批評家賞」を受賞する。

夏、俳優で演出家のジャン＝ルイ・バローよりペストを主題とする演劇への協力を要請され、戯曲『戒厳令』の執筆に向かう。

一九四八年　三四歳

一〇月二七日、パリのマリニー座で『戒厳令』の初演。

一九四九年　三五歳

六月三〇日、海路で南アメリカへの二か月間の講演旅行に出発するが、この旅行中、心身の不調に苦しむ。

九月、帰国後、結核の再発と診断され、その後、一年余の長い休養期間に入る。

一二月一五日、エベルト座で『正義の人びと』の初演。

一九五〇年　三六歳

二月、戯曲『正義の人びと』を刊行。出版に際して急遽エピグラフとしてシェイクスピアの『ロミオとジュリエット』からの一節を挿入する（恋人マリア・カザレスへの献辞だと推測される）。

一九五一年　三七歳

一〇月、『反抗的人間』を刊行。

一九五二年　三八歳

五月、哲学者フランシス・ジャンソンが、サルトルの主宰する「レ・タン・モデルヌ（現代）」誌に『反抗的人間』への激烈な批判を発表する。

八月、「現代」誌に、カミュのサルトルにたいする反論と、そのカミュの論文へのサルトルの反論が同時に掲載される。かくして、カミュとサルトルは絶交する。

一九五三年　三九歳

六月、アンジェ演劇祭で、俳優で演出家のマルセル・エランに協力して、スペインの劇作家カルデロンの『十字架への献身』と、ラリヴェーの『精霊たち』を上演する。カミュは前者ではフランス語訳、後者では脚色を担当した。

ともに主演はマリア・カザレス。

一〇月、フランシーヌが重篤な鬱病を患い、のちには精神科病院に入院したり、自殺未遂をしたりする。

一九五四年　四〇歳

春、エッセー集『夏』を刊行。

一一月一日、アルジェリア独立戦争

勃発。

一九五五年　四一歳

三月、ブッツァーティの戯曲『ある臨床例』を翻案し、それがラ・ブリュイエール座で初演を迎える。

一九五六年　四二歳

一月、アルジェリア独立戦争のさなか、「市民のための休戦」を提案し、アルジェで休戦アピールの集会に参加するが、右翼勢力の妨害を受け、集会は中断される。以後、カミュはアルジェリア戦争についてほとんど発言しなくなる。

五月、『ペスト』以来、約九年ぶりの小説の新作『転落』を刊行。

九月、フォークナーの小説『尼僧への鎮魂歌』を戯曲に翻案し、みずから演出をおこない、マチュラン座で初演に至る。上演六〇〇回をこえる大ヒットとなる。

一九五七年　四三歳

三月、短篇集『追放と王国』を刊行。

六月、アンジェ演劇祭で、スペインの劇作家ローペ・デ・ベーガの『オルメドの騎士』を翻訳・演出して初演をおこなう。

一〇月一六日、カミュのノーベル文学賞受賞が発表される。

一二月一〇日、フランシーヌと訪れたストックホルムで、ノーベル賞の授賞式を経て、受賞演説をおこなう。

一九五八年　四四歳

三月、スウェーデンから帰国後、重い不安神経症に見舞われるが、そんななか、デンマーク人の若い女子学生と新たな恋を実らせる。この女性はカミュの『手帖』にM・iというイニシャルで登場する。
六月、マリア・カザレス、親友のミシェル・ガリマール、ミシェルの妻ジャニーヌと一か月近いギリシア旅行をおこなう。
九月、南仏の小村ルールマランに住居を購入する。

一九五九年　四五歳
一月、ドストエフスキーの小説『悪霊』を翻案・演出し、パリのアントワーヌ座で初演に至る。
一一月一五日、ルールマランに帰る。

一九六〇年　四六歳
一月、カミュ夫妻はミシェル・ガリマール夫妻をルールマランに招いて、一緒に新年を迎える。二日にフランシーヌと子供たち（カトリーヌとジャン）はひと足先に列車でパリへ帰る。三日、カミュとガリマール夫妻とその娘アンヌはミシェルの運転する車でパリに向かい、途中のホテルで一泊する。四日、パリを目前にしたヴィルブルヴァンの村の路上で、カミュらの乗った車が立ち木に激突。カミュは即死。ミシェル・ガリマールも五日後に死亡するが、ミシェルの妻ジャニーヌと娘のアンヌは奇跡的に軽傷だった。

一月六日、葬儀がおこなわれ、カミュの遺体はルールマランの墓地に埋葬された。

訳者あとがき

こうした訳者あとがきが苦労話や弁明の場となるのは望ましいことではないとわかってはいるものの、それにしても、この作品の翻訳に携わったそれなりの期間にわたって、クラマンスという男の話の相手をするのは誠に大変なことでありました。話が長いというのはそれだけで褒められたものではありません。加えて、この男はとかく脱線が多い。突如として明後日《あさって》の方向へ話を飛ばす。奥歯に物が挟まったような言い方をする時もしばしば。本人いわく、虚偽まで混ぜているらしい（それ自体虚偽かもしれない）。そのような混迷たる紆余曲折を延々と続けた後に、平然と本題に戻ってくる。しかしこちらとしては、もう本題がなんだったのかよくわからなくなっている。そういう人間の相手をするのはまったく楽なことではありません。

それでも翻訳に際して熟読する中で、この男の語り口にもひとつ認めてやるべき誠実さは見つかりました。それは、彼の話は確かに紆余曲折するけれども、支離滅裂ではないということです。意味不明な話はしていない。脱線するときは、一見して脈絡を欠いているようではあっても、必ず意図と関連を持って本題から派生させている。彼が望む補足的な情報を与えた上で、本筋に帰ってくる。曖昧な物言いをする時でも、示唆されているものは明確にある。内容が本当か嘘か怪しい時でも、彼自身が言っているとおり、いずれにせよ「変わることのない結末に向かって、変わることのない意味を持つ」(一四八頁)のであり、彼の話と彼という人間を理解する上ではどちらでもかまわない、つまり論旨に影響はない。そのようにして、確かに単純明快とは程遠く、そもそもテクストとして一義的でないことは前提としながらも、「この男は絶対に理解可能なことを話している」という確信はあったのです。それは言い換えれば、カミュが生み出したクラマンスという人物に対する信頼でもあったでしょう。

かくたる信頼に加え、結局のところ、その長話に不思議な――あるいは不気味な――魅惑を感じていたと認めるにやぶさかではありません。個人的な印象としては、まさしくこの小説の不吉なテーマどおり、大きな川の流れに否応なしに飲み込まれ、溺れていくような感覚をもよおすものでした。翻訳にあたっては、その魅力が可能な限り損なわれぬよう、クラマンスの粘着的ないやらしさ、しつこさ、わずらわしさ、おぞましさ、それゆえの吸引力が、フランス語原典のまま十全に伝わるべく尽力したつもりです。今、こうして完成した翻訳を皆様にお届けし、この途方もないおしゃべりの相手をようやく譲り渡せることに深く安堵しています。

当翻訳の原書には、ガリマール社のプレイヤッド版全集所収のもの（Albert Camus, *La Chute*, *Œuvres complètes*, III, 2008）を用いました。訳注は、同書の編者ジル・フィリップによる原注を参照しながら、すべて独自に付したものです。

既訳には、長く親しまれた大久保敏彦、窪田啓作訳による新潮文庫版『転落・追放と王国』があり、大いに参考となったのはもちろんのこと、『転落』という訳題まで継承させていただきました。原題の語《la chute》は「落ちること」一般を意味し、そのため小説の内容をふまえれば、クラマンスの栄光からの「失墜」や、それに伴う倫理的な「堕落」や、女性の川からの「落下」などを含意することになりますが、それらすべてを包括しうる語として、やはり「転落」がふさわしかろうと踏襲した次第です。

ちなみに新潮文庫版では、そのタイトルが示すとおり、『転落』に加えて短編集

『追放と王国』が併録されています。実のところ、カミュは当初『転落』を『追放と王国』に入れる一短編として構想していたのですが、結局それに収まりえぬ規模に膨らんだため、独立した作品として発表したという経緯があります。そのため『転落』はテーマ上まぎれもなく『追放と王国』に近接した小説ではありますが、今回の拙訳では原典の発表形態に合わせて単独での刊行としました。

最後になりますが、いつもながら、このたびの翻訳の実現に際しましても光文社翻訳編集部の小都一郎様に大変お世話になりました。また、同じくいつもながら、原文に関する不肖の弟子の数々の質問に答えてくださった学習院大学のティエリ・マレ教授に、この場を借りて心からお礼を申し上げます。

kobunsha classics
光文社古典新訳文庫

転落《てんらく》

著者　カミュ
訳者　前山《まえやま》 悠《ゆう》

2023年3月20日　初版第1刷発行

発行者　三宅貴久
印刷　新藤慶昌堂
製本　ナショナル製本

発行所　株式会社光文社
〒112-8011東京都文京区音羽1-16-6
電話　03（5395）8162（編集部）
03（5395）8116（書籍販売部）
03（5395）8125（業務部）
www.kobunsha.com

落丁本・乱丁本は業務部へご連絡くだされば、お取り替えいたします。
ISBN978-4-334-75477-8 Printed in Japan

いま、息をしている言葉で、もういちど古典を

長い年月をかけて世界中で読み継がれてきたのが古典です。奥の深い味わいある作品ばかりがそろっており、この「古典の森」に分け入ることは人生のもっとも大きな喜びであることに異論のある人はいないはずです。しかしながら、こんなに豊饒で魅力に満ちた古典を、なぜわたしたちはこれほどまで疎んじてきたのでしょうか。

ひとつには古臭い教養主義からの逃走だったのかもしれません。真面目に文学や思想を論じることは、ある種の権威化であるという思いから、その呪縛から逃れるために、教養そのものを否定しすぎてしまったのではないでしょうか。

いま、時代は大きな転換期を迎えています。まれに見るスピードで歴史が動いていくのを多くの人々が実感していると思います。

こんな時わたしたちを支え、導いてくれるものが古典なのです。「いま、息をしている言葉で」――光文社の古典新訳文庫は、さまよえる現代人の心の奥底まで届くような言葉で、古典を現代に蘇らせることを意図して創刊されました。気取らず、自由に、心の赴くままに、気軽に手に取って楽しめる古典作品を、新訳という光のもとに読者に届けていくこと。それがこの文庫の使命だとわたしたちは考えています。

このシリーズについてのご意見、ご感想、ご要望をハガキ、手紙、メール等で翻訳編集部までお寄せください。今後の企画の参考にさせていただきます。
メール　info@kotensinyaku.jp

光文社古典新訳文庫　好評既刊

人間の大地
サン＝テグジュペリ
渋谷 豊 訳

パイロットとしてのキャリアを持つ著者が、駆け出しの日々、勇敢な僚友たちや人々との交流、自ら体験した極限状態などを、時に臨場感豊かに、時に哲学的に語る自伝的作品。

恐るべき子供たち
コクトー
中条 省平
中条 志穂 訳

十四歳のポールは、姉エリザベートと「ふたりだけの部屋」に住んでいる。ポールが憧れるダルジュロスとそっくりの少女アガートが登場し、子供たちの夢幻的な暮らしが始まる。

狂気の愛
ブルトン
海老坂 武 訳

難解で詩的な表現をとりながら、美とエロス、美的感動と愛の感動を結びつけていく思考実験。シュールレアリスムの中心的存在、ブルトンの伝説の傑作が甦った！

オンディーヌ
ジロドゥ
二木 麻里 訳

湖畔近くで暮らす漁師の養女オンディーヌは騎士ハンスと恋に落ちる。だが、彼女は人間ではなく、水の精だった―。「究極の愛」を描いたジロドゥ演劇の最高傑作。

愚者が出てくる、城寨が見える
マンシェット
中条 省平 訳

大金持ちの企業家アルトグの甥であるペテールの世話係となったジュリー。ペテールとともにギャングに誘拐されるが、殺人と破壊の限りを尽くして逃亡する。暗黒小説の最高傑作！

光文社古典新訳文庫　好評既刊

オリヴィエ・ベカイユの死／呪われた家　ゾラ傑作短篇集

ゾラ
國分 俊宏 訳

完全に意識はあるが肉体が動かず、周囲に死んだと思われた男の視点から綴る「オリヴィエ・ベカイユの死」など、稀代のストーリーテラーとしてのゾラの才能が凝縮された珠玉の5篇を収録。

すべては消えゆく　マンディアルグ最後の傑作集

マンディアルグ
中条 省平 訳

パリの地下鉄での女との邂逅と悦楽が思わぬ展開を見せる表題作。美少女との甘い邂逅から一気に死の淵へと投げ出される「クラッシュフー」など、独自の世界観きわだつ3篇。

消しゴム

ロブ＝グリエ
中条 省平 訳

奇妙な殺人事件の真相を探るべく馴染みのない街にやってきた捜査官ヴァラス。人々の曖昧な証言に翻弄され、事件は驚くべき結末に。文学界に衝撃を与えたヌーヴォー・ロマン代表作。

ロレンザッチョ

ミュッセ
渡辺 守章 訳

メディチ家の暴君アレクサンドルとその腹心で主君の暗殺を企てるロレンゾ。二人の若者の間に交錯する権力とエロス。16世紀フィレンツェで実際に起きた暗殺事件を描くミュッセの代表作。

法王庁の抜け穴

ジッド
三ツ堀広一郎 訳

幽閉されたローマ法王を救い出そうという壮大な詐欺事件を軸に、登場人物それぞれに起こる偶然の出来事が複雑に絡み合う。時代を画したジッドの傑作「犯罪小説」。

光文社古典新訳文庫　好評既刊

死刑囚最後の日
ユゴー
小倉 孝誠 訳
処刑を目前に控えた独房での日々から、断頭台に上がる直前までの主人公の、喘ぐような息づかいと押しつぶされるような絶望感をリアルに描く。文豪ユゴー、27歳の画期的小説。

椿姫
デュマ・フィス
永田 千奈 訳
真実の愛に目覚めた高級娼婦マルグリット。アルマンを愛するがゆえにくだした決断とは……。オペラ、バレエ、映画といまも愛され続けるフランス恋愛小説、不朽の名作！

未来のイヴ
ヴィリエ・ド・リラダン
高野 優 訳
恋人に幻滅した恩人エウォルド卿のため、発明家エジソンは、魅惑の美貌に高貴な魂を具えた機械人間〈ハダリー〉を創り出すが……。アンドロイドSFの元祖。（解説・海老根龍介）

狭き門
ジッド
中条 省平
中条 志穂 訳
美しい従姉アリサに心惹かれるジェローム。相思相愛であることは周りも認めていたが、当のアリサは煮え切らない。ノーベル賞作家ジッドの美しく悲痛なラヴ・ストーリーを新訳で。

赤と黒（上・下）
スタンダール
野崎 歓 訳
ナポレオン失脚後のフランス。貧しい家に育った青年ジュリヤン・ソレルは、金持ちへの反発と野心から、その美貌を武器に貴族のレナール夫人を誘惑するが…。

光文社古典新訳文庫　好評既刊

脂肪の塊／ロンドリ姉妹
モーパッサン傑作選
モーパッサン
太田 浩一 訳
人間のもつ醜いエゴイズム、好色さを描いた「脂肪の塊」と、イタリア旅行で出会った娘との思い出を綴った「ロンドリ姉妹」。ほか初期作品から選んだ中・短篇集第1弾。（全10篇）

宝石／遺産
モーパッサン傑作選
モーパッサン
太田 浩一 訳
残された宝石類からやりくり上手の妻の秘密を知ることになる「宝石」。伯母の莫大な遺産相続の条件である子どもに恵まれない親子と夫婦を描く「遺産」など、傑作6篇を収録。

オルラ／オリーヴ園
モーパッサン傑作選
モーパッサン
太田 浩一 訳
見えない存在に怯え、妄想と狂気に呑み込まれていく男の日記「オルラ」。穏やかに過ごす老司祭の、直視し難い過去との対峙を描く「オリーヴ園」など、後期の傑作8篇を収録。

ラ・ボエーム
アンリ・ミュルジェール
辻村 永樹 訳
安下宿に暮らす音楽家ショナールは、家賃滞納で追い出される寸前、詩人、哲学者、画家と意気投合し……一九世紀パリ、若き芸術家たちの甘美な恋愛、自由で放埒な日々を描く。

千霊一霊物語
アレクサンドル・デュマ
前山 悠 訳
「女房を殺して、捕まえてもらいに来た」と市長宅に押しかけた男。男の自供の妥当性をめぐる議論は、いつしか各人が見聞きした奇怪な出来事を披露しあう夜へと発展する。

★続刊

好色一代男　井原西鶴／中嶋 隆・訳

江戸時代を代表する俳諧師西鶴による大ベストセラー読み物、「浮世草子」。上方で生まれた世之介。七歳にして恋を知り、島原、新町、吉原に長崎、宮島の廓へと、数々の恋愛（男も女も）を重ね、色道を極めようとする五十四年間を描いた一代記。

ヴェーロチカ／六号室　チェーホフ傑作選　チェーホフ／浦 雅春・訳

世話になった屋敷の娘に告白されるもどうも心が動かない青年を描く「ヴェーロチカ」、精神科病棟の患者とおしゃべりを続けるうちに周囲との折り合いが悪くなる医師を描く「六号室」など、人間の内面を覗き込んだチェーホフ短篇小説の傑作選。

ダンマパダ　真理の言葉　今枝由郎・訳

弟子たちに語り継がれ、数百年後にパーリ語で編纂されたブッダの言葉。ブッダ自身の教えにもっとも近づくことができる世界最古の資料で、『スッタニパータ』と双璧をなす。日々の心構えや生き方について、深い洞察に満ちた金言集。